CB081659

Hoje eu me vesti de você

MÔNICA MORO HARGER

Editora inVerso

Editora InVerso

® 2022. Editora Inverso

R. Doutor Goulin, 1523 Alto da Glória
CEP 80040-280 Curitiba-PR
(41) 3254-1616 e (41) 3558-8001
editorainverso@editorainverso.com.br
www.editorainverso.com.br
Facebook.com/editorainverso
Instagram @editorainverso

COORDENAÇÃO EDITORIAL/ EDITORA
Cristina Jones

REVISÃO
Carlos W. Jorge

ILUSTRAÇÃO DE CAPA
Mônica Defreitas Smythe

CAPA, PROJETO GRÁFICO E DIREÇÃO DE ARTE
Adriane Baldini

DADOS INTERNACIONAIS DE CATALOGAÇÃO NA PUBLICAÇÃO (CIP)
Mona Youssef Hammoud – CRB/ 9ª 1393

H279h

HARGER, Mônica. **Hoje eu me vesti de você.**
Curitiba: Ed. InVerso, 2022
132 p. 15 x 21 cm PTBR

ISBN: 978-85-5540-299-9

1. Sentimentos. 2. Relação maternal. 3. Saudades.
4. Dedicação. 5. Mãe e filha. 6. Contos e crônicas. I. Título

CDD: 869.34

Contos e crônicas: 869.34
Sentimentos: 332.1

Ao adquirir um livro, você está remunerando o trabalho de escritores, diagramadores, ilustradores, revisores, livreiros e mais uma série de profissionais responsáveis por transformar ideias em realidade e trazê-las até você. **Todos os direitos reservados.** É proibida a reprodução total ou parcial de qualquer forma ou por qualquer meio. A violação de direitos do autor (Lei 9.610/98) é crime estabelecido pelo artigo 184 do Código Penal.

ASSOCIADO CBL Câmara Brasileira do Livro

brazilian publishers

Para Bruno Filho e Tatiane,
Renata e
Leônidas.
Para Fernanda.
Irmandade no sentido mais pleno e generoso.

Para Bruno Guilherme, Pedro Henrique e Sophie.
Para Bruno Neto e Isadora.
Continuidade no sentido mais belo e gracioso.

Em reverência a
Merces de Jesus Moro Harger.

Prefácio

Dizem que no coração de uma mãe sempre cabe mais um. Eu sempre coube no dela. Fui "filha" temporã — não pela idade, mas pela ordem de chegada. Sou a número seis, e quando me tornei parte da família recebi um lugar na mesa do café e no seu afeto.

Do posto de última filha pude observar os laços que a uniam com a primeira, minha irmã por amor escolhido. O que testemunhei é o que leremos neste livro: uma ligação que transcende a razão e extrapola o status que cada uma carrega — como mãe, como filha, como mulheres que se inauguraram, juntas.

Dos primeiros dias embalados pelas canções de ninar à companhia diária vivida com devoção, Mônica nos conta dessa relação única que teceu com sua mãe, costurada através do tempo em que estiveram juntas, e além dele. Os títulos de mãe e filha às vezes se misturam, embaralhados pelas funções que se inverteram nessa relação de carinho e cuidado. Confundem-se pelas preocupações — tão parecidas — que permeiam o começo da vida e o seu findar. Já o afeto permanece intacto, sem se importar com tempo e idade. Sempre foram, uma para a outra, a recompensa de um amor sem fim.

Quando a mãe partiu, o coração da filha se repartiu em dois.

Meio coração dá conta de uma vida inteira?

Mônica precisou das palavras para verter dúvidas e dores.

“Morre-se quanto, quando nos morre a mãe?”

E foi através das palavras que ela mesma respondeu.

“Escrever é personificar o que se sente.”

Ela deu nome a cada sentimento. Deu rosto e forma à mãe que resiste dentro dela, que renasce nas memórias da criança que não quer crescer, nos momentos de ternura regados a café, nas superações enfrentadas no cotidiano e nas paisagens admiradas pela janela do carro. Revivem em todas as músicas cantadas, juntas. O que é história vira trama, agasalha e se transforma em presença.

O que nos veste é o que protege — das intempéries, do frio, da saudade. Adorna com cores, texturas e lembranças. Nos toca a pele para alcançar o coração. É assim que Mônica se veste de sua mãe, e, sobrepostas, tornam-se partes intrínsecas de uma alma só.

Fernanda Morishita
Autora do livro “Cartas para Theo”.
Arquiteta por vocação, agora desenho também com as palavras.

Sumário

Longa é a angústia de quem
sofre de partidas.

A nossa canção

No vai e vem da cadeira de balanço, duas mulheres inauguravam-se. Uma aprendia a ser mãe, a outra aprendia a viver. Uma canção de amor, composta naqueles primeiros dias, embalava os corpos em uníssono. A composição acalentou a chegada de cinco filhos — e uma partida.

Filhinha querida
Que o bom Deus abençoou
Dorme tranquila
Que a noite chegou

Colo de mãe: canção de ninar.

Criança nos braços é o retrato da paz. Paz conquistada pós-banho-e-bagunça, cabelinho penteado para o lado, cheiro de bebê no ar. Paz desejada nas madrugadas insones, paz do beijo que cura machucado, do afago que afasta a dor, do alimento ofertado e recebido. Paz de corpos em comunhão.

Cantamos juntas por 16.684 dias.

Mãe nos braços é o retrato da dor. Dor do banho com auxílio, cabelo preso de forma improvisada, cheiro de hospital no ar. Dor refutada nas madrugadas insones, dor do beijo que deseja a cura, do afago que não aparta a agonia, do alimento que já não pode ser digerido. Dor de corpos que recusam a separação.

Colo de filha: canção de chorar.

Mãezinha querida
Que o bom Deus abençoou
Dorme tranquila
Que a noite chegou

A moça da escada

Domingo, 3 de maio de 2020. Estamos passando mais um final de semana em casa. Os tempos pandêmicos assemelham os domingos às segundas, mas este é diferente. Sou apegada às datas festivas. Gosto de comemorar, mesmo aquelas que não são minhas. Este dia é dela. É deles!

Busco na estante da sala o álbum de capa vermelha que me encanta desde sempre. Minhas mãos de menina infinitas vezes acariciaram estas fotos, sonhando com o dia em que viveria um amor parecido com o que ela viveu. Ainda hoje, longe da inocência da infância, esse amor me inspira.

Ela pede os óculos, não sei se para focar melhor as imagens ou a emoção. De imediato, o cartão do tradicional fotógrafo da cidade chama a atenção. *Paulo Cougo, fone 23-1045*. Ela quer telefonar. Preciso lembrá-la de que números de telefone com seis dígitos são bastante ultrapassados. Rindo, ela comenta que essas fotos também são. Penso o mesmo sobre os contos de fadas, mas permaneço apaixonada pelo dela.

É incrível observá-la se encantando com a própria história. Logo na primeira foto, dispara: “foi o dia mais feliz da minha vida”. As primeiras imagens são exclusivas da noiva, nos mais variados cenários da casa da tia, de onde ela partiu para a cerimônia. A minha preferida sempre foi a da escada. Imagino a moça se arrumando no andar de cima, prestes a ter a vida completamente modificada. Presumo o caminho que ela percorreu, os passos cautelosos na descida, os familiares que a aguardavam ansiosos. Sinto em meu peito as batidas do seu coração e reconheço em seu sorriso a plenitude da felicidade.

Para os padrões da época, a noiva já havia "passado da idade de casar". Morava sozinha, tomava conta de si e de seus objetivos, e, resoluta, não considerava o casamento como imposição. Seria consequência unicamente do amor. O noivo, que exibia duas vezes a alcunha de avô, tinha uma filha com idade próxima à de sua noiva. Talvez pensassem que fosse "velho demais para casar". Viúvo, encarou o novo amor com esperança — fora feliz antes, e gostaria de sê-lo novamente. Trinta e um anos de diferença não foram impedimento para a união. Apenas oito meses separaram o dia em que se conheceram do dia do casamento. Não havia tempo a perder. A felicidade pedia urgência.

Sábado, 3 de maio de 1975. A moça de branco desce as escadas rumo ao seu destino. No altar da Igreja Santa Terezinha, ele lhe sorri.

Eu não fui convidada para essa festa, mas tenho certeza de que, de alguma forma, eu estava lá.

Amarela

Conheceram-se num sete de setembro, na capital federal. Quando ela entrou no Restaurante Roma, acompanhada de uma amiga, ele já tinha almoçado e distraía-se observando o movimento. Enrolava o tempo, contestando voltar sozinho para casa em pleno feriado de sol. Frequentador assíduo do local, achou por bem sugerir às moças suas preferências do cardápio. Em conversa animada com as curitibanas, descobriram um grande amigo em comum, o que favoreceu a simpatia recíproca. A tarde foi desfrutada visitando os pontos turísticos da cidade.

No banco do carro repousava um buquê de rosas amarelas, ansiosas pelo frescor que tardava a chegar. Uma delas, resistente e viçosa, foi escolhida como presente.

— Eram as preferidas da minha esposa. Em homenagem a ela, continuo comprando. Ofereço esta para você...

O significado e a singeleza do gesto arrebataram o coração da jovem. O sorriso dela o encantou. O restaurante que propiciou o inusitado encontro ganhou arremate que se tornou história de família: Roma, amor ao contrário.

A noiva desceu as escadas com um buquê singular. Rosas brancas, como pedia a tradição, e amarelas, ela fez questão. Ele cuidou para que as rosas enfeitassem o jardim da casa deles, e ela decorou as paredes com quadros floridos. A tradição se espalhou na ilustração das xícaras de café, na estampa do vestido, nos guardanapos amarelos, em tudo que lembrasse o símbolo herdado e cultivado. E a cada aniversário de casamento, o primeiro presente renovava-se, reafirmando os votos, o encanto, o amor.

O amigo em comum fora padrinho da união. A festa de noivado, organizada por ele, reuniu os mais próximos no Santa Mônica Clube de Campo. O verde se estendia ao longe, ampliando a paisagem e a sensação de paz. Após o almoço, Bruno e Merces caminharam de mãos dadas entre os jardins bem cuidados. A emoção do momento e a beleza do lugar encorajaram os planos do casal.

— Minha querida, se o destino for generoso conosco e nos conceder uma filha, vamos dar a ela o nome *Mônica?*

Orgulhoso, o pai conduziu a filha ao baile de 15 anos nos salões do clube que inspirou sua existência. Dançaram a valsa em passos tímidos, entregues ao abraço um do outro. A moça foi chamada ao palco. Ladeada pelos pais, ouviu contarem a história do nome dela, recebeu rosas de presente e saudações entusiasmadas. Numa caixinha de veludo, ganhou o anel de noivado, símbolo do dia em que passou a existir no sonho deles.

A menina herdou o gosto pela cor que ilumina. Amar combina com ela.

Baú de infância

Eu não nasci para ser grande. Desde muito pequena percebi a maravilha de ser criança. Aos cinco anos, uma ideia brilhante se apoderou de mim. Observando a ampla utilização de certo medicamento cor-de-rosa, eficiente para dores diversas, febres, corizas e afins, relatei à minha tia uma necessidade urgente de tomar tal remédio. Diante da menina ativa e saudável, a tia quis saber o motivo da minha autoprescrição.

— Preciso tomar Melhoral Infantil para não crescer!

Ser criança era bom e eu sabia. De tudo faria para prolongar aqueles dias de liberdade e imaginação. Como abrir mão de uma vida de aventuras para simplesmente crescer? Eu era rainha do meu quintal, mãe de passarinhos, defensora de camundongos, projetista de castelos, vendedora de loja "leve sem pagar", dona de casa realizada — o fogãozinho de madeira protagonizou experiências gastronômicas que meu cooktop jamais alcançou. O cabelo ao estilo joão declarava que maria era por demais peralta — ou seria desculpa de uma mãe sem habilidade com laços de fita?

Fui artista, malabarista, pesquisadora de vocábulos. Certa vez inventei que queria aprender, novamente, todas as palavras e seus significados. Argumentei que possivelmente estaria enganada a respeito de algumas definições, e por certo não sabia todas as palavras do mundo. Precisava aprender com a intenção de compreender. O aprendizado pela vivência era intuitivo demais. Meu método incluía andar pela casa apontando e bradando:

— O que é isso?

Aguardava a resposta, que vinha entre risos progressivos e decrescente paciência, e anotava em caixa alta:

CADEIRA — SERVE PARA SENTAR

CAMA — FEITA PARA DORMIR

LÂMPADA — ILUMINA A CASA

A-BA-JOUR?

— Eu não sei escrever isso! Não disse que falta muita coisa para aprender?

E o caderno se enchia de anotações desimportantes. E fascinantes! O mundo se descortinava pra mim, eu notava e anotava. Notas mentais e escritas seriam úteis para quando eu crescesse — se meu plano falhasse.

Não sei qual época deixou minha mãe mais perturbada, se a do "novo aprendizado das palavras conhecidas" ou a das perguntas sem resposta.

— Em que altura termina o céu? E onde começa?

Ao alcance da ponta dos pés. No giro da estrelinha, as mãos pegando impulso nas lajotas vermelhas, os pés tocando de leve a imensidão azul. Meu jardim, meu cenário: eu passava todo o tempo possível do lado de fora! Pulava elástico com duas cadeiras (mantendo ares de líder de equipe), alçava voo do banco de pedra e ensinava matemática aos pássaros.

"A imaginação é o quintal da vida": empresto as palavras e a nostalgia dos velhos tempos. As memórias da infância vestem casaco dourado, ainda que fossem pobres as vestimentas daqueles dias. Em nada me incomoda o dourar da pílula.

Ainda sinto no céu da boca o agridoce do comprimido rosado, misturado ao sonho da infância eterna. Virou deboche familiar o fato de o medicamento ter apresentado efeito contrário. Aos dez anos calçava o mesmo número de minha mãe, aos doze já tinha crescido tudo. Quando me dei conta da bancarrota da minha estratégia, prontamente formulei novo plano, de inegável sucesso. Basta fechar os olhos e abrir o baú.

O baú da minha infância guarda risos, lágrimas e sonhos bons. Em seu forro macio brilham os olhos azuis de meu pai. Na madeira nobre retumbam as gargalhadas dos meus irmãos. O fecho dourado é obra de minha mãe. A dimensão tende ao infinito: abarca brinquedos, aventuras e todos os amigos, reais e imaginários, que partilharam meu quintal. Para abri-lo não é preciso maestria, basta saudade. E uma boa dose de imaginação.

Eu não nasci para ser grande, então cresci e continuei criança. Pelo menos do lado de dentro.

Quem escreve assina uma carta —
— para si ou para o mundo.

Hoje eu me vesti de você

Usei a pele clara, salpicada de bolinhas marrons. Pintas. Dispersas ao longo dos braços, unidas em devaneio de um leve bronzeado. Algumas se sobressaem, convidando à nossa velha brincadeira. Eu ligava os pontos na sua pele. Procuro ligações na minha.

Mirei o semblante, somando referências. Conforto. Encarei as sardas como herança, os traços como identidade, as linhas como expressão. Outorguei anuência ao castanho da íris que tanto desejei ser azul. Fixei-me no olhar, grata pela pujante semelhança. Seu rosto, minha primeira memória. Meu rosto, espelho do seu.

Manejei os dedos longos e ágeis, contemplei as unhas bem cuidadas, pintadas no mesmo tom rubro que conferia a você tanta elegância. Afinidade. O anelar enfeitou-se de ouro e pedra, legado e homenagem. Não herdei o toque aveludado de suas mãos, mas guardo nas minhas a suavidade das suas.

Calcei coragem, entre calos e dores persistentes. Resistência. Pisada bem desenhada, dedão e dedinhos harmoniosamente decrescentes. Se fosse necessário provar ascendência, alinharia nossos pés. O amargo impedimento verga meu corpo, desnuda meu peito. Busco alento: caminho. Meus passos, reverência aos seus.

Hoje eu me vesti de você. Escolhi a blusa com ares de floco de neve, salpicada de bolinhas brancas. Pérolas. Deslizou macia e cheirosa. Cobriu meu corpo, preenchendo frios e vazios. Dispensei a camiseta que você recomendava: "veste uma pecinha de algodão para proteger a pele". Escolhi sentir. O toque, o calor, o aconchego: a mesma lã que aqueceu você. O braço esquerdo ocupou a manga com rapidez. O direito deslizou devagar, buscando a luz com menos destreza. Esbarrou nas amarras do tecido, como era comum acontecer com você. Tantas vezes estiquei delicadamente seu braço vagaroso, alisando as dobras da roupa, acarinhando sua pele macia. Pele, olhar, mãos, passos: ritual. Nossa história, meu traje.

Hoje eu vesti o amanhecer. Levantei os olhos, estendi os braços, vesti o seu abraço.

A letra C

A segunda-feira de outono marcava no calendário o dia 8 de abril de 2002. Próximo ao horário do almoço, eu organizava a agenda da semana quando ouvi um baque surdo vindo do quarto ao lado, onde minha mãe se arrumava. Rosa e eu a encontramos caída, o rosto contraído e o olhar divergente. O corpo inerte não respondia aos nossos clamores.

Ela tinha 57 anos, gostava de viajar, cozinhar e reunir a família ao redor da mesa, que, naquele dia, permaneceu intacta. Pratos e copos vazios testemunharam a passagem da maca que a transportou rumo a um destino incerto.

As palavras do médico reverberavam em minha mente. Eu não as queria dentro de mim, não deveriam referir-se à minha mãe, que mais cedo se enfeitava diante de sua penteadeira. A repetição das três letras não esclarecia o desatino do quadro. AVC. O cérebro da minha mãe inundou-se de sangue.

Uma incisão precisa desenhou um C no lado esquerdo da cabeça dela. O caminho dos pontos traçou um longo bordado, denunciando o porte da intervenção que aliviou a pressão intracraniana. Cabelo raspado, braços imobilizados, rosto transfigurado. A vida transformada sem que ela tivesse a chance de entender ou opinar.

A esperança por um fio, ou vários. As máquinas acusavam índices que eu desconhecia, o barulho ininterrupto me amedrontava, o cheiro estéril provocava vertigens. Aguardado com temor e confiança, o boletim médico intercalava desespero e alívio. Estável passou a ser palavra generosa e celebrada. Cada dia vencido era um dia de vida a mais. O calendário acelerou as folhas do mês, enquanto eu dividia a minha vida entre visitas cronometradas e noites insones.

Quando ela recobrou a consciência, veio a confirmação da hemiplegia. O olhar vago e aflito denunciava a angústia de quem não reconhece o corpo que habita. Os membros não correspondem, a memória não esclarece, a voz não se completa. Com o lado direito do corpo paralisado, minha mãe ainda enfrentaria outra árdua batalha pela sobrevivência.

A cirurgia que salvou sua vida foi também a porta de entrada para que uma bactéria altamente resistente se alojasse em seu crânio. Mais um procedimento, um novo C traçado no rastro do primeiro, a calota craniana submetida a processos minuciosos a fim de debelar a osteomielite. Coragem era a palavra de ordem, ela não admitia menos que isso.

Passamos quatro meses e meio internadas. Deixei o trabalho, levei mala, travesseiro e cobertor para o quarto do hospital. Aprendi os termos, os padrões e os índices que monitoravam a saúde da minha mãe. Cuidava das refeições, da temperatura do seu corpo e do ânimo do seu espírito. Afeiçoei-me ao creme de arnica, célere na transmutação dos hematomas. Deitava-me ao seu lado na cama elevada. Adormecíamos de mãos e almas entrelaçadas.

O trem apitava todos os dias às cinco da manhã. As enfermeiras orquestravam a função diária, os médicos cumpriam os protocolos, os tratamentos se acumulavam. Dentro do hospital ela recebeu os cumprimentos pelo dia das mães, eu soprei vela de aniversário, o Brasil sagrou-se pentacampeão do mundo e a ficção promoveu o clone de um ser humano na novela das oito. A vida real continuava seu curso enquanto eu vivia uma vida paralela. A cantina do hospital transformou-se no único refúgio possível, onde toda sexta-feira minha melhor amiga almoçava comigo. Ela levava chocolates e as notícias do mundo de fora. Eu dividia com ela as angústias do mundo de dentro.

Minha mãe não esmoreceu na labuta incessante para eliminar a infecção e recuperar a mobilidade. "Eu vou caminhar, filha" — era o mantra que me acordava todos os dias, junto com o trem. Quando ela conseguiu equilibrar o corpo sobre as pernas hesitantes, e lentamente colocar um pé em frente ao outro, reconquistando os curtos e extraordinários movimentos que chamamos de passos, acreditei em milagres. Uma penugem fina já recobria sua cabeça, e a letra C insinuava a cura sob o cabelo que renascia.

Os acontecimentos relevantes da vida nunca vêm isoladamente, e eu daria tudo para não atestar a veracidade dessa afirmação. O calendário marcava o décimo dia de julho quando nossa família confirmou a tese. Meu pai, enfraquecido pela idade e pelo avanço da doença que debilitava sua mente, chegou ao fim de sua profícua jornada. Minha mãe teve licença médica para comparecer à despedida e em seguida voltar ao hospital, onde as doses de antibiótico tinham hora marcada e paulatinamente cumpriam a promessa de regredir a infecção.

No final do mês de agosto voltamos para casa. Uma casa sem pai, sem marido, com a cabeceira da mesa vazia. Uma casa com irmãos, com filhos, com um neto a caminho. Com amigos que promoveram uma chuva de pétalas amarelas na recepção da mulher mais corajosa que eu conheci.

Cuidar é privilégio. Coragem é força motriz. Cura é processo, desafio e aprendizado. Vida é celebração diária.

No dia 22 de novembro de 2002 minha mãe comemorou seu aniversário numa festa repleta de gente e gratidão. Entrou no salão caminhando, ladeada pelos médicos que salvaram sua vida. Uma semana depois, nasceu seu primeiro neto, que saiu do hospital no colo da avó.

Contudo, a ação silenciosa das bactérias, supostamente eliminadas com meses de tratamento, mostrou-se ativa no final do ano seguinte. Outra vez perto da morte, minha mãe enfrentou mais duas cirurgias e a substituição da calota craniana por uma placa de titânio, eliminando definitivamente o foco infeccioso.

Ela caminhou, cantou, viajou. Não foi possível recuperar a motricidade fina, e ela não voltou a escrever ou cozinhar. Reaprendeu a viver sem o amor de sua vida e com as limitações impostas pelo AVC.

À letra C, outorgamos juntas um novo significado.

Reparti-me em tantos pedaços
espalhados pelo chão
que tive medo de jamais
juntar-me novamente.

Contas da vida

"Faça ontem o que você poderia fazer amanhã" — ele enfatizava a conduta, mesmo quando a memória começou a falhar. Não procrastinar tarefas e pagar contas em dia faziam parte da lista de princípios que ele valorizava.

A visita ao banco era quase diária, com as crianças a tiracolo. Era preciso pegar o extrato, conferir os débitos com os canhotos do talão de cheques, conversar com as moças dos caixas e tomar cafezinho com o gerente. O obstinado controle da situação financeira da família era sinônimo de passeio e diversão para os filhos. A mais velha aprendia por observação a lida contábil, o cuidado com os detalhes, a gerência da vida.

Um dia, conectada às facilidades do mundo, ela sugeriu ao pai que usasse um cartão de crédito. A ideia foi recusada com firmeza: "compra feita, pagamento efetuado — na hora". Parcelamento? Jamais. Compre apenas o que suas economias dão conta de pagar.

A doença do pai transferiu-lhe a responsabilidade pela gestão familiar. Precisou assumir as idas ao banco, a conferência do extrato, o pagamento das contas. Teve a maioridade antecipada por cartório e o encargo oficial de gerenciar a casa. Vestígios da adolescência eram vistos na bicicleta encostada na porta do banco e na mochila rosa nas costas da menina que chegava cheia de boletos e histórias pra contar. Ela tinha aprendido que boa conversa e café amenizavam quase tudo — inclusive o impacto das contas a pagar.

•••

"Vou fazer hoje o que já devia ter feito há muito tempo" — numa segunda-feira de julho amanheci decidida a realizar a tarefa refutada por anos. Acionei uma amiga da família e visitamos três locais previamente selecionados. O primeiro era muito longe de casa, o segundo tinha aparência opressiva demais. O terceiro era quase agradável, campo aberto com árvores e flores. O valor do lote era mais elevado. Ponderei que a relevância da aquisição permitia o parcelamento oferecido. Passei o cartão.

Foi-me explicado que não seria possível tomar posse do local antes de 30 dias. Minha mãe estava hospitalizada havia três meses, e meu pai, apesar do corpo relativamente forte, já havia perdido por completo a memória e (quase) todas as suas convicções. Ainda assim, respirei fundo e assegurei ao vendedor que tão breve não faríamos uso daquelas terras.

Naquela noite, velando o sono de minha mãe num leito de hospital, chorei em silêncio. Meus ombros sentiram o súbito peso do mundo. Ninguém deveria precisar fazer uma compra daquela categoria, muito menos uma jovem idealista e cheia de sonhos.

No dia seguinte, quando virei a esquina da nossa casa, vi uma ambulância no portão. Meu irmão se despedia do médico com relativa tranquilidade, o que acalmou meu coração. O pai teve uma "crise de hipotensão", mas já estava se recuperando. Encontrei seus olhos azuis mais perdidos do que nunca. Segurei suas mãos e busquei a segurança que ele me ensinou. Conversamos longamente — uma conversa desconexa e repleta de saudade antecipada. Desejei ficar com ele aquela noite; desejei que ele ficasse comigo para sempre.

Com o coração dividido, expliquei que precisava voltar ao hospital para pernoitar com a mãe. Meu pai olhou fundo nos meus olhos, falou o nome dela e proferiu: "diga-lhe que tenho muito amor por ela". Foi a única convicção que ele jamais perdeu.

Dois dias depois de comprar o lote, precisei pagar a franquia para enterrar meu pai. As parcelas da compra incidiram por seis meses. Todo ano, ao final do mês de julho, recebo a quota da manutenção do Jardim da Saudade. Vem em nome do patriarca da família.

•••

"Não deixe para amanhã o que você pode fazer hoje." Por muito tempo calei a dor da culpa. Se ele estava esperando aquela minha decisão, eu preferia ter deixado para depois de amanhã. Quando a razão finalmente encontrou espaço ante a emoção do meu coração dilacerado, compreendi que agi na hora certa. Nem antes, nem depois.

Gosto de contabilizar valores herdados. Sigo, valorizo, intensifico — ainda que por vezes a vida cobre as contas sem enviar boleto. Abri uma linha de crédito com meus pais no dia em que nasci. Não a quitarei jamais.

Repartir é partir mais uma vez

— Trouxe o atestado de óbito?

Ela parte de novo, e eu me reparto sempre, todas as vezes que o documento certifica que ela morreu. É preciso comprovar o óbito. Reafirmar. Deixar bem claro. *Ó-bi-to.* As pessoas falam pausadamente, exigem declaração, querem a minha assinatura. É necessário assinar embaixo da morte da minha mãe. Não basta a ausência, as lágrimas, a obstinação da minha dor?

Chorei na repartição. Reparti-me em tantos pedaços espalhados pelo chão que tive medo de jamais juntar-me novamente. Faltaram-me o ar, as pernas, as forças. Sobrou um rio de amargura a encharcar o piso frio, a subir caudaloso pelas paredes sem cor, a afogar-me em desespero e solidão. A sala repleta de gente, e eu ali, só. Sozinha de mãe, de pai, do conforto único que é saber-se filha.

Filha — nunca mais.

É inevitável atestar o fato — para o banco, para as operadoras de telefonia e cartão de crédito, para o advogado. Para a manicure, a fisioterapeuta, a secretária do dentista que gostaria de confirmar consulta. Ela não precisa mais cuidar dos dentes. Está dispensada dos exercícios físicos. O esmalte preferido dela está pela metade, no balcão.

— O nome da falecida?

A garganta se fecha, refutando resposta, atarraxando o nó. *Fa-le-ci-da.* Preciso dizer o nome dela, destacando a sílaba paroxítona. Ela não perdoará se o padre pronunciar errado na missa de sétimo dia. A cada enfermeira que entrava, ela enfatizava o acento inexistente. Quando a vida dela se esvaía sem que eu admitisse, e ela já não podia reivindicar pronúncia, afago e mais nada, eu corrompi o cartaz que nominava a paciente, riscando um acento agudo e desesperado sobre o primeiro "e" do nome dela.

Chorei na igreja, repartida mil vezes entre os bancos infinitamente longos. Longa é a angústia de quem sofre de partidas.

— Qual é o CPF?

Sei de cor o número do documento dela. Para constar na nota fiscal, para marcar exames, para liberar desconto na medicação. Ela nunca soube nem os três primeiros dígitos: *2-5-7,* jamais vou esquecer a sequência dos onze.

Chorei na farmácia, com as mãos repletas de caixas lacradas, solicitando troca, suplicando abrigo. Minha presença frequente me aproximou dos vendedores, fomentou amizade com a gerente. Os sorrisos foram solidários, parte de um esforço coletivo para atenuar minha amargura. Troquei remédio por xampu. Queria lavar os cabelos e dizimar da cabeça tamanho sofrimento.

— *Quantas vezes vou repartir essa dor?*

Chorei ao escutar um áudio de voz animada mandando notícias de Gramado. Apenas dois meses antes ela estava cheia de vida na cidade que amava. Passei os olhos pelas fotos da última viagem, uma ajudante de cada lado, a tripla felicidade emoldurada por um arco de flores e satisfação.

Chorei dirigindo o carro vermelho, refúgio preferido dela, o lugar ao lado definitivamente vago. O pôr do sol entre as araucárias, testemunha dos nossos arroubos de gratidão, efetivado em novo papel. Cúmplice silencioso do meu pesar.

Chorei em frente ao calendário pendurado na cozinha, os nomes das cuidadoras intercalados nos quadradinhos, a rotina rasgada em pedaços miúdos. Fevereiro, o mês menor, terminou antes do dia 28.

Ela partiu.

Parto de mim todas as vezes que choro. O pranto me reparte. O pranto me refaz. Hei de recompor-me, recontar-me, recriar-me. Acredito no único e aclamado recurso capaz de recuperar um coração partido.

Tempo.

Um a zero para o café

Estamos as duas sob as cobertas, encapotadas até as orelhas, cachecóis nas cores tradicionais fazendo coro com o resto da nação verde e amarela. Ligo a TV. Perdemos alguns minutos, espero que ela não se importe.

— Não teve hino do Brasil?

— Desculpa, mãe. Já passou.

— Ah, não acredito! Eu gosto tanto do hino... Já que é assim, me traga um café!

— Mãe! Vamos ver o jogo? Depois eu faço café.

Ela assente, puxando o cobertor mais para cima. Faz gracinha, repetindo nosso bordão dos dias frios: "só tem cabeça!". Sorrio, e penso que de alguma coisa vale a Copa do Mundo. Estamos juntas, vendo o jogo de mãos dadas.

— De que lado é o gol do Brasil, mãe? — eu gosto de importuná-la, só pra ver se está prestando atenção.

— Do lado de cima! — ela devolve o passe.

Rimos juntas. Sapeco-lhe um beijo da testa, a única parte disponível para um carinho.

— "Beijo na testa, coração em festa!" Você se lembra?

— Como esquecer? A figurinha preferida do meu álbum favorito! Como você se lembra disso, mãe? — Não era álbum da Copa, mas talvez o espírito do momento tenha contribuído com essa doce recordação.

— Eu me lembro de tudo, filha. De tudo que fez você feliz.

Eu também me lembro. Memórias afetivas ocupam lugar de destaque no meu placar. Já que o primeiro tempo (da vida) não tem prorrogação, driblo a saudade valorizando as boas lembranças. Meu baú de infância jamais ficou para escanteio.

Hoje, o que me faz feliz é estar com ela. Saber que suas mãos macias e quentes estão sempre à espera das minhas, que vivemos tempos tranquilos com relação à sua saúde, que não temos desavenças significativas e nem cobranças de grandes faltas.

— Gooool, é do Brasiiiilll!!!

— De quem foi, mãe?

— Não sei, não estou escutando direito, por que você abaixou o volume?

— Porque o comentarista grita demais.

— Deixa disso, vamos comemorar? Me traga um café!

Comento a jogada, peço que repita o nome esdrúxulo do goleiro adversário, jogo na retranca para protelar a cozinha. A torcida seria implacável na condenação da minha firula.

Intervalo. Churrasco e cerveja inundam a tela, e brindes felizes proclamam vitória no jogo, na Copa, na vida. Ela cochila. Lembro-me de quando vimos o campeonato no hospital, e considero que todas as Copas serão melhores que aquela. Ver o Brasil campeão na pequena televisão foi memorável, por motivos adversos. Aperto mais a mão dela.

— Mãe, acorda, começou.

— Nossa, já? De que lado estamos?

— Lado de quem leva gol, olha só, foi da Suíça!

— Puxa vida! Bom mesmo era o Taffarel. Eu queria tanto um café...

— Mãe! Presta atenção, o que é isso? Árbitro de *vídea?*

— É árbitro de vídeo, menina! Você não escuta direito? Aumente esse volume!

Enquanto todos comentam a possibilidade de conferir a jogada através do vídeo, eu escuto continuamente "árbitro de vídea", como o modelo especial de brocas para concreto, muito utilizado no meu trabalho. Ela cobra atenção, pede que eu largue mão de pensar na obra e cuide do jogo e de outras coisas que ela deseja muito, como um bom café com leite. Para ela, café sempre vence.

A televisão *smart*, comprada especialmente para esta Copa, anuncia os minutos finais.

— Está acabando, acho que vamos ficar no empate...

— Falta quanto?

— Cinco minutos.

— Ah, agora não acontece mais nada mesmo. Já está na hora do café! Você não acha?

Amar a mesma pessoa todos os dias não é rotina, é ritual.

Na cabeceira da minha infância

A rainha Sílvia e o rei Gustavo moravam na cabeceira da minha infância. Ele era garboso, honrado e reinava com benevolência. Ela era gentil, elegante, prendia os cabelos num coque alto e usava vestido vermelho. O destino concedeu-lhes uma filha, menina-moleque, que não queria ser princesa. Seu reino era o jardim do castelo, onde construía sonhos e voava alto.

Em nosso conto de fadas particular, rei, rainha e princesa fajuta dividiam o quintal e as aventuras com novos personagens a cada noite. Se a imaginação da minha contadora de histórias falhava, porém, os livros ilustrados entravam em cena. No meu preferido, uma menina órfã vencia os perigos da floresta com a proteção da lua, sua fada-madrinha. Eu amava "Lunalva" e me inspirava em sua coragem. Amava a voz da narradora mudando o tom de acordo com as circunstâncias, emprestando emoções próprias à narrativa. Amava aqueles momentos que antecediam o sono e promoviam íntima proximidade com a protagonista da minha vida.

Quando eu já alcançara o entendimento das letras, ela selecionava trechos para que eu mesma lesse. Os contos de "Coração de vidro", escritos por José Mauro de Vasconcelos, foram determinantes na minha iniciação literária. O autor de "Meu pé de laranja-lima", que mais tarde roubou-me um rio de lágrimas, é mestre da escrita melancólica. Hoje penso que são histórias tristes demais para permear a cabeceira de uma criança. Minha mãe dividia comigo a solidão e o desalento da própria infância. Lido infinitas vezes, a meu pedido, "O cavalo de ouro" suscitava pujante partilha de emoções, intensificando nossa cumplicidade.

Cristalizado numa época encantada, "Coração de vidro" fez morada em minha estante. Capa desbotada, páginas descosturadas, atestados de uma sintonia singular. "Lunalva" perdeu-se no tempo do crescimento, mas jamais abandonou minhas memórias. A despeito da minha obstinada procura, nunca o encontrei nas livrarias. Quando finalmente descobri o título num sebo virtual, aguardei a entrega como quem espera a chegada de um *best seller.* Meu reencontro com o livro azul transbordou lágrimas de euforia. Naquela noite, Lunalva iluminou a cabeceira da minha juventude.

No aconchego da leitura partilhada, minha mãe me ensinou que livros são sagrados. Merecem honras e cuidados especiais: jamais dobrar páginas, marcar ou permitir que qualquer tipo de sujeira os danifique. Em respeito ao escritor, editora e todos que fazem parte do processo, ela me orientou a observar os detalhes, incluindo dados catalográficos. Sempre que inauguro um livro, dou atenção sincera àquelas primeiras páginas, reafirmando minha (nossa) reverência ao conjunto da obra.

Estimulada por minha mãe, desde cedo fiz amizade com as palavras. Viajei mundo afora dentro das páginas dos livros. Visitei livrarias como se visitam santuários. E escolhi uma para ser nossa, a preferida! Nossa vila de livros, café e torta de castanha. Nosso refúgio de tantos domingos e planos de fugas memoráveis.

Numa noite de primavera, contemplei a nossa livraria repleta de gente conhecida. Avistei minha mãe com um volume peculiar em mãos. Um brilho de orgulho e deleite banhava seus olhos. Acarinhando cada página, vi que se deteve à ficha catalográfica. *H279e – HARGER, Mônica Moro. Encontros felizes.* A menina da cabeceira escreveu um livro.

Apenas mãe e filha enxergaram o luar prateado que inundava o templo das palavras. Junto à mesa onde a escritora recebia amigos, alguns personagens tomaram forma, incólumes ao burburinho. Havia uma garotinha vestida de lua, ao lado da fada-madrinha. Radiantes, acariciavam um cavalo dourado. Um rei e uma rainha circulavam à vontade, desprovidos de coroa, repletos de satisfação. Sentaram-se ao lado da menina que não queria ser princesa. Ela escrevia dedicatórias entusiasmadas.

Parte de mim

Casa silenciosa, cozinha arrumada, cinco pratos repousando no escorredor. No quarto das meninas, a mais velha havia acabado de adormecer. No dormitório ao lado, três meninos dormiam usando disfarces de anjo. Toda sexta os pais jantavam fora, e a menina cuidava de tudo com devoção, o afeto encerrado na muda recepção da casa em ordem. No quarto do casal, um bilhete repousava entre os dois travesseiros.

Amor em papel resiste. Supera o desgaste do tempo e da memória. Ultrapassa a fronteira da vida. O que está escrito é para sempre — a menina sentenciou. Seu bem-querer seria eterno, como as palavras que desenhava.

Escrever concede forma aos sentimentos. Dá asas, de formatos diversos e inusitados, a quem pensa ter os pés firmes no chão. Permite presença, tangível, perene, a quem partiu cedo demais. Junta as partes de quem se repartiu de dor. Escrever é (re)inventar.

Escrever é personificar o que se sente. Sentir amor, e encontrar coragem de declarar. Arrepender-se e pedir perdão, perdoar. Chorar partidas, chegadas, conquistas — e eternizar. É manifesto, partilha. Escrever é (se) aceitar.

Quem escreve assina uma carta — para si ou para o mundo.

Escrevi, na infância, para armazenar amor. Escrevi, mais tarde, para amenizar a dor. Escrevo para a menina que fui. A menina da cabeceira, encantada com as histórias contadas pela mãe, fascinada pela máquina de escrever do pai. Escrevo porque meus pais saíam para jantar toda sexta-feira, eu não conseguia esperá-los acordada e precisava que eles soubessem, naquela noite, o tamanho do meu amor. Então eu contava — por escrito.

Escrevo porque tive amigos que mereciam mais que um cartão de aniversário. Escrevo porque vi crianças nascerem, e quem nasce merece mais que um presente. Escrevo porque senti saudades, aflição, medo. Porque senti júbilo, gratidão, entusiasmo. Escrevo porque enxergo no mundo essas coisas miúdas que merecem ser perpetuadas. Escrevo porque transbordo.

Escrever é parte de mim. Eu escrevo — e a palavra parte. Ao encontro de outras partes, outros lares, outros mares. A palavra parte de mim, e encontra quem lê. Neste encontro reside toda a arte.

Tiritomba

— Você não atendeu quando eu liguei...

— Oi! Boa noite pra você também! Hoje é terça, eu estava em aula. Lembra?

— Ah, sim! Não sei pra quê, aula... Nesta idade!

— ...Diga, mãe. O que você queria? É urgente?

— Sim, muito. Eu preciso que você veja o significado de uma palavra.

— Ver onde, mãe? Qual palavra?

— No celular, claro. Você não vê tudo no celular?

— É verdade, eu vejo quase tudo no celular... E você, está vendo o quê?

— André Rieu, você sabe que eu adoro. Os três tenores cantam uma música muito animada. Quero saber o que significa.

— Não são os "três tenores", mãe... São outros tenores. Já expliquei isso pra você.

— Ah, tanto faz! São tenores, e são três. Vê aí a palavra. No Google, né? Que vocês falam que sabe tudo. Pode ver agora?

— Vou tentar. Espera um pouco, vou colocar no viva-voz. Qual é a palavra?

— *Sirilomba.*

— Como? Siri o quê?

— *Sirilomba, sirilamba*... Algo assim... Eu não entendo italiano.

— Ah, é italiano! Vou colocar no tradutor, então.

— Ótimo, é um dicionário no celular? Não é no Google?

— É um aplicativo. Olha, não tem... Nem um siri, nem outro. Não existe esta palavra, nem em italiano nem em língua nenhuma — eu acho.

— Não pode ser! Claro que existe. Eles estão cantando aqui, bem na minha frente! E são animados, viu? Eu amo! Esses tenores, o André... Ele é tão bonito! Eu preciso saber o que significa...

— Vamos fazer o seguinte: amanhã eu assisto com você e procuramos juntas. Pode ser?

— Eu precisava pra hoje, mas pode ser amanhã. Que horas você vem?

— Antes do almoço, mãe, como sempre.

— Até amanhã, então... Vou sonhar com esta palavra.

— Sonha com o André que fica mais animado!

•••

— Que bom que você chegou! Já pedi pros meninos verem pra mim, ninguém sabe como fazer. É na música dos três tenores.

— Oi, mãe! Bom dia! Vou procurar. Esta aqui?

— Esta mesma! Veja como se divertem. O que será que significa?

— *Tiritomba!* Nossa, é ti-ri-tom-ba, mãe! Agora também quero saber o que significa. São animados mesmo, hein?

— Não te falei? Senta aqui, assiste comigo.

— Estou procurando no Google. Copiei a letra e pedi tradução.

— E aí, o que diz?

— Você não vai acreditar... Esta palavra não tem tradução. Na verdade, a música toda é assim. Não tem como traduzir.

— Como assim? Tudo tem tradução!!! Ainda mais procurando no Google... Veja isso direito, menina!

— É verdade, mãe. Coloquei "traduzir letra". É um jogo de palavras, uma brincadeira. Aliás, esse pessoal se diverte, né? Já valeu a música!

— Acho muito estranho. Você deveria perguntar para o seu professor. Não está estudando de novo? O professor deve saber.

— Essa foi boa! Olha, não vou perguntar pra ele, mas vou escrever esta história.

— Vai mesmo? Adoro quando você escreve pra mim.

— Também adoro escrever pra você! E a palavra... A música... Vamos pensar assim: é uma música de festa, de gente feliz. Quem sabe a gente inventa um significado?

— Ótimo! Achei legal isso. *Tiritomba,* filha!

— *Tiritomba,* mãe!

O visitante

Não sei de onde veio, não sei para onde foi. Sei apenas o que me trouxe.

Espírito livre, ser do mundo. Por morada, a imensidão: azul infinito, pincelado de algodão. Destino traçado com fios dourados, a convite da liberdade. Por natureza, um paradoxo: tão pequeno e capaz de ir tão longe. "Longe é um lugar que não existe" — me contou um escritor que também tinha asas (um dos preferidos da minha mãe). Entre tanta lonjura no mundo, toda ela ao seu alcance, ele escolheu pousar. Na janela do quinto andar.

Inúmeras vezes ensaiei voar, encarapitada sobre o banco de pedra no quintal da minha infância. Abria os braços, respirava fundo, fechava os olhos. Mentalizava planar sobre o telhado e pousar na cumeeira. Não sonhava ir longe, estava satisfeita com os limites do meu território. Desejava a sensação do voo, a leveza da conquista, o deslumbre da paisagem. Eu escolheria voltar.

O pássaro de penugem clara e topete arrepiado decidiu pousar. A vidraça aberta pareceu-lhe convidativa? Será que ele conjectura sobre o que humanos fazem janelas adentro? Escutei, incrédula, o seu chamado. O primeiro piado pareceu irreal. O segundo soou mais próximo, e os demais vieram com tradução simultânea: "Surpreeesa!". Diante de meu espanto, uma chacoalhada de cabeça e um divertido baile aéreo inundou o ambiente. O pouso certeiro em meu ombro dissipou parte do assombro. Pousei, eu também. Sentada no centro do cômodo, tentava me orientar — enquanto uma calopsita fazia pirraça na minha cabeça. Um diálogo improvável selou o encontro. Não há fronteiras na linguagem da emoção.

A cena insólita descortinou a janela da minha alma. O efêmero do momento não encolheu o encanto da visita. Uma linha tênue preencheu a casa no rastro daquele voo, restando traços dourados entrelaçados no meu céu. O visitante emprestou asas à menina que, enfim, voou.

Da janela no quinto andar, observo a liberdade. Os sonhos que se vão realizar, os abraços a trocar, os brindes a tilintar. A esperança tem asas, mas sabe pousar.

Quando o pássaro irrompeu no apartamento,
sentada no chão com o visitante na cabeça,
saquei o celular e fiz o óbvio:
uma chamada de vídeo para minha mãe.

Cuidar é privilégio.

O telegrama

O pai dela era gerente das Lojas Americanas. Certa vez, escutamos nossos nomes no autofalante, solicitando comparecimento à gerência. A sala envidraçada tinha vista panorâmica para o setor dos brinquedos, onde eu gostava de me perder e minha mãe não tardava me encontrar. Pai e filha nos recepcionaram com pompa e circunstância. Cafezinho para os adultos, bolacha para as crianças e a certeza de que o pai da minha amiga era o dono do mundo.

Por ser filha de gente importante, ela já tinha morado em várias cidades, e eu creditava a isso a sua esperteza. Tínhamos sete anos, e ela possuía ideias avançadas. Eu nunca tinha ouvido falar em festa de aniversário de boneca. Na casa dela isso acontecia com frequência, com direito a bolo de chocolate e pedido ao apagar a vela. Ela conhecia os desejos das "nossas filhas", todas em formação circular no chão do quarto, com a aniversariante em lugar de destaque.

Estávamos aprendendo a lidar com as letras, e eu comumente bagunçava ditongos, dígrafos e assemelhados. Ela, jamais! Preenchíamos infinitos formulários, certidões e passaportes, nossos e de nossas bonecas. Ela sempre corrigia meu erro ao grafar o nome da sua preferida: Priscila. Achava graça com minha confusão. Quando sorria, e seus olhos se fechavam. Olhinhos puxados e cintilantes.

Era linda e inteligente, a minha primeira melhor amiga. Paty!

— Apenas Paty? Não é apelido?

— Não, este é o meu nome inteirinho! — ela explicava, gentil. Gostava do seu nome, e eu gostava dela. Ela passava tardes inteiras no meu quintal e eu passava os sábados no prédio de pastilhas cor caramelo. Existia um universo só nosso, sob nossa gerência, e era belo e divertido.

Não sabíamos, ainda, que o mundo não tinha dono — muito menos que Hiroshi não era o grande proprietário. Eu ainda pensava que o pai dela controlava quase tudo, quando recebemos a notícia de sua transferência. Era um tempo sem celular, sem internet e de interurbano oneroso. Ainda assim, não perdemos o contato. Apesar da pouca idade, já tínhamos aprendido o valor das grandes amizades.

Minha mãe controlava os pulsos telefônicos, mas impulsionava os afetos, perspicaz na valorização do que realmente importava. Sentada de pernas cruzadas no tapete da sala, eu telefonava para a Paty. Ela contava sobre sua nova cidade, banhada pelo mar. Sempre achei bonito morar perto do mar, e me consolava saber que minha amiga vivia essa aventura. Crescemos separadas, mas não permitimos que a distância nos afastasse.

Novidades importantes sempre encontravam a outra amiga atenta no lado oposto da linha. Vibrei quando ela me contou sobre o nascimento da irmãzinha.

— Ela se chama Priscila! — eu podia imaginar seu sorriso de satisfação.

— Com dois *ésses?* — perguntei. A risada dela ecoou no meu coração, e ali ficou eternizada.

Eu lavava louça quando minha mãe entrou na cozinha com um papel na mão. Em seu rosto faltava cor, e no papel faltavam palavras. Não vieram explicações, talvez porque não fosse possível explicar. Nem mesmo os gerentes mais importantes encontrariam palavras apropriadas. Nem mesmo as crianças mais inteligentes, nem as mães mais sensíveis.

"SENTIMOS MUITO COMUNICAR FALECIMENTO NOSSA FILHA PAPSY PT"

— Paty! O nome dela é Paty! — jamais me conformei com o erro. Da grafia e da vida.

Apenas um engano gigantesco levaria embora uma menina de doze anos. Se não era o nome dela, porém, talvez não fosse verdade. O abraço mudo de minha mãe reverberava a dor que ela também sentia.

Tudo que eu queria era poder falar com o gerente do mundo.

Eu gosto de imaginar que, quando minha mãe chegou lá, no alto de uma escada havia uma menina de olhos puxados à sua espera.

Além do jardim

"Bom dia, amigo
Bom dia, irmão
Basta um sorriso
E cante esta canção"

A cantiga recepcionava pais e filhos na chegada ao jardim de infância. Enquanto os pequenos aguardavam o toque do sinal em filas tumultuadas, o pátio inundava-se de música e energia contagiantes. Em duplas, as crianças venciam, cantando, a escadaria que levava às salas de cima. Antes de entrar, meu olhar ansioso procurava os olhos vigilantes de minha mãe. Trocávamos um aceno e ela me jogava um beijo.

A rotineira ligação matinal começou diferente:

— Bom dia, amigo! Bom dia, irmão! — ela cantou, entusiasmada.

— Basta um sorriso, e cante esta canção! — respondi, prontamente devolvendo minha infância para sua fiel guardiã.

Ela não viu, mas eu sorri. Agradeci. Ela é a protagonista das minhas preces. "Obrigada pela saúde de minha mãe" — é minha oração silenciosa. Rezo como quem canta uma canção antiga, impregnada de confiança.

Ela me liga todas as manhãs. Dessa vez queria contar que sonhou com ele. Viu claramente o jardim, os bichos e as flores. E ele, molhando as plantas. Ele estava bem, estava feliz. Levantou o rosto e sorriu para ela. Ela abriu os olhos e retribuiu. E precisou ligar para mim.

Minha mãe guarda as canções, as histórias, a vivacidade dos meus primeiros anos. Somos memorialistas da felicidade, dividimos boas lembranças, partilhamos saudade. Ela é a única pessoa no mundo capaz de me convidar para um jogral matutino.

Ela cantou para mim. Eu respondi no mesmo tom. Por um instante nos reunimos os três novamente, cantando bom dia. No jardim da vida — e além dela.

Eu prefiro uma canção de amor

Ela sempre teve ajuda com as funções domésticas. Ainda assim, mãe de cinco e dona de uma casa espaçosa, entrar no batente era rotina diária. Tinha gosto pelo trabalho. Cozinhava bem e limpava melhor ainda. E gostava de cantar. Quando a harmonia reinava no lar, o LP girava e ela cozinhava, limpava, passava e cantarolava baixinho, acompanhando suas cantigas preferidas. Às vezes, porém, ela repetia a mesma canção em volume crescente, compatível com o inevitável desabafo. Nessas ocasiões não havia fundo musical. Era apenas a voz dela tomando conta da casa, enquanto o brilho do piso aumentava ou o feijão encorpava na panela.

As músicas da minha mãe me marcaram profundamente. Ainda hoje sou capaz de entoar várias delas, a despeito da minha falta de cadência. "Paz do meu amor" era a escolhida para os momentos de labuta e cólera. O descabimento do verso inicial tocava fundo meu coração de menina. Sonhadora, eu não aceitava o estilo da retribuição apregoado na canção.

"Uma tristeza imensa, toda recompensa de um amor sem fim."

Eu ainda não sabia que o amor, infinito amor, às vezes finda. Em seu lugar fica a tristeza, imensa, inundada de solidão. Eu também não entendia que minha mãe escolhia cantar os desalentos que lhe apertavam o coração.

Estamos na estrada, o sol se põe, e junto com ele se extingue uma chama em meu peito. Estou triste com o fim de um relacionamento. Ela percebe e puxa papo. Gosto de conversar com ela. O CD toca uma de suas músicas. Ela preserva o gosto musical, mas dispensa acompanhar a melodia. Súbito, lembro-me da canção que marcou minha meninice. Aquela frase é compatível com o meu momento. Relembro os agudos proferidos em meio ao trabalho e ela ri, incrédula e debochada.

Já em casa, o Google revela o pacote completo que o tempo ocultou: música, letra, autor. O YouTube nos transfere à casa da minha infância, às lajotas bem enceradas, aos sete lugares à mesa. Nostalgia preenchida por ritmo e canção, e uma agradável surpresa. Ao primeiro verso dou-me conta de que minha mãe entoava uma inversão. Com alívio, escutamos Luiz Vieira cantar a paz do amor que eu sonhei pra mim.

Beleza pode rimar com tristeza, mas eu fico com a primeira.

"Você é isso: uma beleza imensa,

Toda recompensa de um amor sem fim.

Você é isso: uma nuvem calma

No céu de minh'alma; é ternura em mim.

Você é isso: estrela matutina,

Luz que descortina um mundo encantador.

Você é isso: é parto de ternura,

Lágrima que é pura, paz do meu amor."

Não há fronteiras na linguagem da emoção.

Os verões fazem a gente

Eu acredito no verão. Penso que é na estação do sol vibrante, nos dias sem escola, e com as coisas pequenas e singelas, que as crianças aprendem a grandiosidade da vida.

Éramos sete. Cinco filhos, uma mãe, um pai-avô. Bichos de estimação que variavam em número e espécie. E um carro. Não um carro qualquer, uma Belina verde. Se cinto de segurança era equipamento de série, desconhecíamos. Cadeirinha infantil, nunca tivemos. No alto de meu posto de filha mais velha, eu e a "amiga da vez" dividíamos o banco traseiro com mochilas e apetrechos. Na "cachorreira" iam os quatro menores, espalhados sobre edredons e algazarra. Não raro o espaço também acolhia cães e gatos, fazendo jus à denominação original. Aprendemos por compressão e ajuste que a sentença "sempre cabe mais um" foi cunhada para a nossa família.

A bagagem era cuidadosamente acomodada em cima do carro, num gigante saco de lona costurado sob medida. Cabia a mim organizar os pertences e regular os elásticos em torno do volume. Nessa lida desenvolvi a arte do tangram, que me ensinou o encaixe perfeito de malas, brinquedos e entusiasmo.

A casa sorria, tijolinho a tijolinho, quando a família aportava. As janelas de madeira eram imediatamente escancaradas, após efusivo empenho de meu pai para desemperrá-las. As hastes de ferro, projetadas por ele para reforçar a segurança, eram guardadas. Minha mãe, eu e a felizarda amiga nos embrenhávamos numa minuciosa faxina. Deixar a casa habitável era tarefa cumprida com esmero. Antes da diversão vem a obrigação, compreendi sem contestar.

A diversão era certa. O grande salão da frente se assemelhava a um albergue. Cumpria todas as funções pertinentes à temporada de praia: sala de jantar e TV, quarto de hóspedes, palco de shows, quadra de jogos. Habilidade em solução de conflitos foi amplamente articulada dentro daquelas quatro paredes — especialmente nos longos dias de chuva.

E o céu chorava com frequência e abundância... A rua enxia-se de buracos e a Belina sacolejava mais que o normal. Ficávamos na varanda, ouvindo histórias, contando os caquinhos de cerâmica do piso, desenvolvendo táticas de paciência e tolerância.

O verão podia ser previsível, mas era uma rotina encantadora. Ao abrir os olhos, ou ainda antes, me deliciava a descoberta do sol nascente. Nos dias mais bonitos íamos à praia mansa, de mar tranquilo e longa faixa de areia, a preferida para nossas brincadeiras. Pulávamos das pedras sem temor algum, disputando quem emergiria por último. A coragem saltava comigo. Aproveitei e fiz dela companheira de vida.

Na volta, crianças transbordantes de areia e energia acotovelavam-se no bagageiro, sentadas com as pernas balançando para fora. Se existiam normas de segurança no trânsito, meus pais não leram a apostila. Eles aplicavam empiricamente noções de risco calculado, das quais somos todos sobreviventes.

Quando alguém vigilante gritava aos quatro ventos, como se a vida dependesse daquela reserva, "primeiro no banho!", a cara dos demais calava o duro aprendizado da frustração. Quem tem boca vai a Roma — e toma banho na dianteira.

O verão me apresentou à minha primeira paixão: o mar. Desde cedo me entreguei a ele de corpo, alma e prancha. Passava os dias inteiros ganhando campeonatos individuais de jacaré — menos quando meu amigo Eduardo estava junto; aí a gente empatava. Os dedos murchos e olhos vermelhos que apavoravam nossas mães eram troféus. Nunca entendi por que os adultos não gostam de mergulhar. Ainda não entendo. Não aprendi a ser adulta.

Meu pai construía pipas, dividindo com os filhos as lembranças da própria infância. Esmerava-se na escolha das varetas, na colagem do papel de seda, na distribuição harmônica dos quadrados coloridos. Caprichava na rabiola que desenharia arcos no céu. Ensinava-nos sobre planejamento e execução enquanto nossas pandorgas tremulavam. Bons ventos sinalizaram as minhas primeiras lições de projeto.

Minha mãe nos alimentava. O verão em nada folgava sua função primordial, cumprida com afinco e limitada valorização. Ela cozinhava bem, mas não havia grandes arroubos enaltecendo nosso equilíbrio nutricional. A desenvoltura com que ela servia carne de panela, couve-flor recheada, bife à parmegiana, suflê, rocambole de carne, panquecas e todo o variado cardápio que nos fez crescer fortes e sadios parecia tão intuitiva e natural... A mesa posta era anunciada com melodia, encadeando os nomes dos filhos. Não era fácil, não era simples, mães não tiram férias, a gente aprende mais tarde e torce para que dê tempo de retribuir as lições invisíveis, o tempero, a abnegação e as vitaminas de frutas.

Não foi preciso decorar, foi fundamental viver. Minha matéria preferida é feita de memória, ornamentada por conchas, cabelos ao vento e cheiro de Sundown na pele bronzeada. Vivências intensas, conservadas ao abrigo do tempo, reunidas numa vasta estação à beira do mar e da saudade. Ao verão da minha infância, minha reverência solar.

Quem convida dá o banquete

Minha mãe não costuma me visitar. Almoçamos juntas todos os dias, na casa dela, e gostamos de programar passeios nos finais de semana. Nossa proximidade intensa acontece em todos os lugares, à exceção do meu lar. Ainda assim, sua presença é constante em tudo que me rodeia.

Quando decidi morar sozinha, a bênção materna deu-se em forma de presentes: a louça vermelha, a chaleira que apita, as taças de cristal, lençóis de muitos fios e travesseiros macios. Uma coleção de árvores entalhadas se destaca nos nichos coloridos. Conservo o aparelho de CD, presente antigo e estimado, que preenche minha casa com o som da paz.

O prazer que ela tem em presentear transborda pelo olhar. Pacote na mão é certeza de olhos brilhantes — os dela e os meus. "Achei a sua cara" — ela sempre arremata. O novo jogo de louças realmente combina comigo. Ela sabe que adoro mandalas, café e fita amarela. Achei por bem que o conjunto fosse estreado com a presença dela. Convidei minha mãe para o café da tarde em minha casa. No dia anterior, ao me despedir, brinquei:

— Passe naquela padaria maravilhosa...

— Nada disso, filha. Quem convida dá o banquete!

Ela tem dessas coisas. Vira e mexe me surpreende com um ditado ou uma piada que eu nunca tinha ouvido. Onde ela escondeu essa pérola da sabedoria popular?

Obediente, providenciei iguarias doces e salgadas, e a esperei com mesa posta e coração feliz. Quando ela entrou, sua música preferida inundava a sala.

Conversamos, rimos, cantamos. Tomamos café — o dela com muito açúcar, o meu sem nenhum. Brindamos com xícaras coloridas. Delícias enfeitaram a mesa e o paladar, mas o banquete deu-se em outra esfera. O dia que minha mãe visitou minha casa ganhou lugar de destaque na minha dileta coleção de memórias.

Observando minha visitante mais ilustre, refleti sobre a honra do primeiro convite que recebi. Ela fez de seu corpo minha morada, meu nutriente, meu ninho. Deu suporte ao desenvolvimento de cada uma de minhas células, contribuiu com a exata metade do meu DNA. Cuidou que, fora do abrigo materno, eu crescesse forte e saudável. Tratou minhas dores, vestiu-me com roupas e abraços. Cantou para mim, e colocou música para tocar... Alimentou-me de forma integral, por vezes com meus quitutes preferidos, por outras com acolhimento e segurança. Minha mãe me convidou e ofertou o banquete da vida.

O verbo no passado

A notícia está na manchete desta manhã. Consulto a internet e logo tenho acesso aos fatos. Ladeando a foto sorridente, após a data do nascimento, retumba a data da morte, e uma vida inteira é retratada no passado.

A palavra escrita tem efeito. Se não está escrito, talvez não seja verdade. Penso na frequência com que comprovo, redigida e afirmada, a inadmissível perda que abala minhas estruturas. Ler é reviver a morte.

Morre-se quanto, quando nos morre a mãe? Imensa parte de nossa vida transforma-se em ausência no dia em que a figura materna deixa de existir.

A palavra falada tem alcance. Se ninguém falar, talvez eu não escute. Entendo, aceito e preciso de condolências. Aprecio o acolhimento dos amigos, a generosidade das mensagens, a força dos abraços, a leveza das flores. Cada gesto importa. Peço unicamente que não me confortem conjugando a palavra encerrada. Não há descanso, minha mente fervilha no presente.

Recuso o verbo no passado. Refuto a forma escrita, driblo a forma falada, contesto o pensamento fixo, nego o obituário.

Floresce o manacá defronte à janela do meu quarto, na casa que é sua. No nosso restaurante, cozinham camarões para o almoço de domingo. Na praia que você ama, um aterro amplia a faixa de areia. O menino aproveita e corre mais longe. Alguém assiste a "Sissi" no canal por assinatura. André Rieu toca uma valsa, Caetano faz oitenta. Anunciam a data de abertura da Copa do Mundo, pela primeira vez no mês do seu aniversário. Atenuam-se as preocupações com a pandemia. Chega um convite de casamento. Comemora-se a Páscoa, o dia das mães, as conquistas. Seu neto mais velho é calouro na faculdade. Uma moça recebe um buquê de rosas amarelas. O sol nasce e se põe. As crianças crescem, e cresce a barriga que abriga uma nova vida.

A vida se renova todos os dias. Até que deixa de ser.

Eu sou. Ela está. Nós seguimos. No presente imperfeito.

16.684 dias com ela

Não tenho memória alguma do primeiro dia que unimos nossas peles, o que considero extrema descortesia por parte do administrador do mundo. Gostaria de lembrar seu ar de espanto e ternura ao olhar-me pela primeira vez. Imagino suas mãos macias a envolverem meu rosto miúdo, a delicadeza com que sua boca tocava minha face rosada e seus braços embalavam meu sono, enquanto entoava a canção de ninar que compôs para mim.

A última noite que passamos juntas retumba em minha mente. Eu gostaria de não me lembrar. Na manhã seguinte, acompanhei a maca vagarosa vencendo as curvas dos corredores, desejando que aquele caminho fosse mais longo, que ela ouvisse meu *eu te amo,* que tivesse forças para retribuir com o tradicional *eu te adoro,* que não me exigissem soltar suas mãos em frente ao centro cirúrgico.

16.684 dias com ela — eu precisei contar. Consolo, conforto, gratidão. A soma generosa abrandou a dor do afastamento. Mais da metade dos dias que possivelmente passarei na Terra, passei ao lado dela. Para cada dia de saudade, um dia de encontro. Para cada lágrima, um sorriso. Para cada vazio, um preenchimento.

Não me obrigo à felicidade e não me entrego à tristeza. Consigo apreciar as pequenas alegrias do dia a dia e permito o pranto quando o desalento transborda. Busco alternativas para minha saudade.

Vestir-me dela encheu-me de paz e coragem. Não disfarço a satisfação quando elogiam a elegância da pala, da blusa, do anel. Visto aconchego trançado de amor e memória, minha forma de reverência.

Relaciono as nossas miudezas, relembro momentos felizes, insisto nas tradições. Enquanto a soma dos nossos dias for capaz de transcender a dor da ausência, encontrarei alento para não contar os dias sem ela.

Mãe é mãe

— Eu sou sua mãe, não sou sua filha!

Ela declara, veemente, quando considera que exagero nas recomendações. Reconheço não ser fácil conviver com meu espírito controlador. Preocupada com as necessidades de sua saúde fragilizada, eu passo os dias postulando: para ela reduzir a ingestão de gordura e açúcar, caprichar na fisioterapia, moderar o uso de medicamentos. Ela reage ou assente conforme o espírito da ocasião. Geralmente o embate acaba em riso e graça, nossa escolha preferida.

Ontem passei mal, nocauteada por uma dessas viroses que nos roubam a saúde e o ânimo. Como costume, almocei com ela. Reclamei das adversidades da vida e anunciei que me recolheria ao lar em plena tarde útil. Eu me sentia inútil e inoperante, precisava com urgência do meu refúgio e do meu sofá.

Ao final do dia, o toque do celular me tirou da inércia.

— Tomou remédio?

Não cogitei passar na farmácia, nem considerei que a medicina já oferece auxílio para casos de persistência no trajeto sofá-banheiro. Penitenciei-me pela ineficiência comigo mesma. Meia hora depois, o aparelho tocou novamente.

— Estou aqui na frente! — anunciou, em prontidão.

Ela caminha com dificuldade. A cadeira de rodas se tornou companheira quase constante, e subir até meu apartamento é um esforço desnecessário. Resolvi descer. Encontrei minha mãe atravessando a rua, de chinelos, apoiada em sua fiel escudeira. Na mão esquerda uma sacola com remédios, no rosto um sorriso matreiro.

— Comprei algumas coisinhas para você.

Diante de mim, na calçada em frente ao prédio, a cena paralisa o giro do mundo. Escolho o riso, a graça e a gratidão. Abraço minha mãe, num enlace ímpar de corpos e corações. Ela se encaixa abaixo do meu queixo, o rosto apoiado em meu peito, as mãos acariciando minhas costas. Em breve o globo voltará a girar, mas dentro de mim o momento está eternizado.

Ela ligou de hora em hora para saber como eu estava. Aconselhou tomar um chá de camomila, lembrando o quanto me fazia bem quando era ela que cuidava de mim. Recomendou repouso e exigiu que eu não demorasse a ir para a cama. Pelas dez horas da noite, decretou:

— Agora não vou mais telefonar, pode dormir em paz. Logo vai passar, você vai ver.

Esta é minha mãe, eu sou sua filha.

A nova coqueluche

Madrugada insone. Entre uma crise de tosse e uma foto no Instagram, descubro que não sou a única a passar a noite em guerra com a laringe. São muitos os amigos celebrando (só que não) o *mesversário* do infortúnio. "Só que não" e "mesversário" são dessas modinhas que pegam a gente de jeito — tipo tosse. Faço as contas e percebo que a minha já dura uma semana. Isso vai pra mais de mês? — me desespero.

Levanto, tomo água, olho as estrelas. Sofro. De dor de garganta e saudade. Sentir-se doente e sozinha tem um peso diferente. Moro só, mas raramente me sinto só. Busco consolo, ao menos para as dores do corpo. O teste deu negativo, não deve passar de irritação devido ao clima seco. Esse é o diagnóstico: solidão noturna intensificada por tosse insistente. Será que tem CID?

Padeci de duas doenças infantis: coqueluche e catapora, sendo a primeira a mais intensa, nos sintomas e na lembrança. Passei semanas tossindo, especialmente à noite. Meus pais foram extremosos no desvelo com a "tosse comprida" que se apoderou de mim. Depois de diversas consultas, remédios e chás, passaram a apelar para unguentos e simpatias, até que um insólito conselho debelou o sofrimento. Teria sido coincidência com o final do período de incubação da doença? O que importa é o empenho na viagem até a chácara distante, a Belina chacoalhando na estrada de chão, meus pais crentes na solução do desconforto da filha. Finalmente, o leite de égua servido fresco e quente, adocicado com uma colher de mel puro e saboroso, curou a menina e serenou a família.

Conhecendo de perto as agruras da doença, não compreendia a expressão que a associava com coisas famosas. O que todo mundo tinha — ou queria — era chamado "coqueluche do momento". Na inocência de criança recém-liberta do cárcere, eu não gostava da comparação de brinquedos cobiçados, borrachas cheirosas e canetas coloridas com a tosse infame que tanto me maltratou.

A expressão que caiu em desuso povoou meus pensamentos. Não é sonho de consumo, mas está na crista da onda, na boca (e garganta) do povo. A coqueluche do momento virou a tosse em si.

Perambulo pelo breu do apartamento em busca de conforto. A cartela de pastilhas está perto do fim, o xarope não faz efeito, o própolis é quase tão amargo quanto a minha solidão. Invoco meus pais e a persistência do amor que cuida, cura e permanece.

O leite dos tempos modernos livrou-se da lactose — seria um tipo de coqueluche momentânea? Alta madrugada, recebo e aceito um conselho sussurrado. Fervo generosa quantia de leite e adiciono uma colher de mel. Misturo vagarosamente... É quase manhã e me permito acreditar: jamais estou só.

O nosso Julio

A construção estava chegando ao fim. Meu pai, que nunca pagou imposto para puxar conversa, já contava alguns amigos entre os trabalhadores. Vez ou outra perguntava aos rapazes qual a próxima ocupação, pois se preocupava com a possibilidade de alguns ficarem sem emprego ao término de cada projeto. Julio, mineiro quieto e empenhado, trabalhava por diária na obra da nossa casa e não tinha destino na sequência.

Julio e Bruno tornaram-se próximos. Enquanto um fazia reboco, o outro fazia café. Julio gostava bem forte, Bruno acrescentava leite à metade da xícara. Entre cimento e canecas, um contava causos das Minas Gerais e o outro contava as artes dos filhos. Um dia meu pai anunciou a novidade:

— Convidei o Julio para ficar trabalhando conosco. Será nosso caseiro.

Não tínhamos caseiro na antiga casa. Meu pai gostava das funções de cuidador de plantas e bichos — e de crianças, que não se esqueça. Aos quase 80 anos e cinco filhos em idade escolar, jamais se permitiu o ócio da aposentadoria, mas a idade começava a pesar. Já era tempo de contar com um ajudante, e o mineiro de fala tranquila seria o aliado perfeito.

Julio chegava cedo e animado. A dupla ocupou-se dos arremates externos da nova casa, pintura, canil, gramado, calçamento. Juntos, fizeram horta, podaram árvores, semearam flores. Cuidaram dos bichos, diversos em tipo e tamanho, prova de que nossa família sempre foi um tanto diferente. Na nossa casa, cachorros e gatos eram animais de base, e o quintal testemunhou uma sucessão de surpreendentes habitantes. Para os patos, Julio construiu um tanque. Providenciou cerca para o casal de carneiros, e cuidava para que os gansos não avançassem nos passantes. Seu Julio dava conta de tudo e de todos, e sempre terminava o dia tomando café com Seu Bruno.

Em épocas festivas, nossa família era recebida com carinho pela mãe do caseiro, que se esmerava no cafezinho e na atenção. Quando ela partiu, meu pai o convidou para morar na casa dos fundos, perto da horta e das flores. Sobraria mais tempo para o café — sem hora pra ir embora.

Todavia, a cada ano Seu Julio partia. A data da volta era certa, mas eu me entristecia. Ele achava graça quando eu anunciava a nova edição do livro "Trinta dias sem Seu Julio". Num dos retornos, me contou, um tanto encabulado, sobre um amor da juventude. Nas brincadeiras de roda lá da roça, o menino Julio sempre colocava o lenço atrás da Penha. A vida dos dois, porém, tomou rumos diferentes: ele saiu da cidade, ela casou, teve filhos e netos, enviuvou. Quando se reencontraram, ele resgatou o lenço e o amor. Voltou das férias com anel no dedo e a promessa de se casarem quando ele se aposentasse. Ano após ano Seu Julio ia visitar a noiva, e voltava para nós.

O tempo passou e a idade pesou nos ombros, e, principalmente, na memória de meu pai. Sua imensa força de trabalho se transformou em apatia e confusão mental. Foi providencial que nosso caseiro tivesse aprendido tudo com ele — do cuidado com plantas e bichos ao ponto certo do café. Aos poucos Seu Julio passou para a parte de dentro — da casa, pois o nosso coração ele já habitava fazia tempo. Entrou na escala de cuidados com o pai: ouvia atentamente as histórias repetidas, aprendia as músicas, cuidava da sua barba e de seu bem-estar. Quando ainda era possível, o acompanhava nas caminhadas. Sentado à cabeceira da mesa, pleiteando que não lhe serviam o café, Bruno tinha a xícara sempre cheia, metade café, metade leite. Seu fiel escudeiro não deixava nada lhe faltar. Julio estava sempre a postos.

Quando meu pai partiu, Seu Julio virou a noite ao nosso lado. Quando minha mãe teve um AVC, foi na casa dos fundos que eu chorei e fui consolada. Quando ele decidiu (e conseguiu) parar de fumar, eu vibrei intensamente. Quando adoeceu, visitei-o no hospital dia após dia até que pudesse levá-lo de volta para casa. Em dia de aniversário, Natal ou Páscoa a família só estava completa se Seu Julio estivesse à mesa. A presença dele se confundia com nosso lar, que ele ajudou a cuidar por exatos vinte e um anos.

Sempre pensei que ele jamais iria embora. Sabia exatamente quanto tempo faltava para a aposentadoria, e contava os anos, depois os meses, na esperança de que ele me dissesse que não partiria. Trabalhou na roça, na fábrica de malas, na construção civil e na residência da nossa família. Dedicou-se à mãe dele, à nossa casa e a nós. Era chegada a sua hora de cumprir a promessa. Seu Julio se aposentou — e voltou para a sua terra, para os queijos e doces das Minas Gerais. Voltou para o seu amor reencontrado.

Meses depois ele veio nos visitar. Trazia a Penha pelo braço e o álbum de casamento nas mãos. Compraram uma casa na cidade onde dividiram a infância. Eu passei café enquanto Seu Julio me contava que pintou a fachada na "cor camurça" — a cor de que Seu Bruno gostava.

Nem a longa distância nem os dois dias de viagem foram impedimento quando minha mãe decidiu visitá-los. Convocou Karla e Rosa, muniram o carro com quitutes e café e partiram rumo ao interior mineiro. Conheceram o lar e a vida do Seu Julio, comeram as famosas delícias da região, atualizaram o papo e o afeto.

Na triste manhã em que precisei comunicar a partida de minha mãe, optei por uma mensagem de celular. A única pessoa a quem telefonei foi Seu Julio. O conforto que ele me transmitiu foi das coisas mais singelas e profundas que vivi naqueles dias. A voz do nosso caseiro é um lampejo, traz de volta a época encantada do nosso quintal, Bruno e Merces abraçados perto das flores, bichos gracejando ao redor, vida que resplandece júbilo e gratidão.

Existem palavras que se confundem com pessoas. Quando penso em lealdade, imediatamente vem à mente o homem de sorriso largo que me ensinou este significado. O nosso Julio foi leal, também, ao seu sonho. Ele é agora o Julio da Penha, e vive a vida que desejou: numa casinha no interior, ele é feliz com seu amor.

Parto de mim todas as vezes que choro.
O pranto me reparte. O pranto me refaz.

Três toques de incentivo

Fui criada numa Belina verde cheia de gente. Dois na frente, cinco atrás — circulando livremente entre banco e bagageiro. Dentro do carro recebi as primeiras noções de civilidade, empatia, solução de conflitos, ócio criativo. Na cidade ou viajando, o deslocamento nos proporcionou boas lembranças e inúmeros aprendizados.

Minha lição preferida, de trânsito e de vida, ensina sobre gentileza.

Nossa viagem frequente durava longas doze horas. A estrada entre Curitiba e Porto Alegre, eternamente em obras e muito movimentada, não assustava nossos pais. A mãe organizava o farnel e o horário das paradas para as refeições. O pai, motorista cauteloso, jamais arriscava uma ultrapassagem imprudente. Era comum ficarmos atrás de um caminhão, o que alongava ainda mais o percurso, até que uma cortesia nos salvasse. O motorista do caminhão, de seu ponto de vista privilegiado, avisava que o caminho estava livre ligando o pisca do lado direito. Meu pai, confiante, ligava o pisca esquerdo e se embrenhava na ultrapassagem. Ao voltar à sua pista, dava um sutil toque na buzina, agradecendo a gentileza. A resposta não tardava: com dois toques rápidos, o caminhoneiro retribuía a confiança — e os acenos das crianças no bagageiro.

A gentileza no trânsito estacionou no século passado, em vaga ampla e confortável. Talvez por isso seja tão raro a gente se deparar com buzinadas amistosas, motorista que dá a vez, braço elevado em cumprimento e sorriso de agradecimento. Ainda assim, procuro seguir os ensinamentos adquiridos a bordo da Belina. Dirijo com parcimônia herdada e sincero senso coletivo. Dou passagem, ultrapasso em segurança, buzino para agradecer. Procuro ser gentil. Quando a semelhança de espírito do outro condutor retribui, chego a ficar emocionada. Encaro a vida como uma vasta oportunidade de relações amigáveis. Em trânsito, inclusive.

•••

É domingo de sol e o fluxo tranquilo permite divagações e nostalgia. Gosto de olhar a vida pela janela do carro, sem a pressa das chegadas e partidas com hora marcada. Gosto de apreciar o caminho e as pessoas que fazem parte dele. Momentos assim me aproximam do meu pai e de nossas infindáveis conversas durante idas e vindas.

Estamos a caminho do nosso restaurante preferido, que tem nome de estação florida e onde somos recebidas com gentileza. Há muito tempo minha mãe já não faz o farnel, mas os passeios de carro ainda proporcionam conversas e boas experiências.

Avisto um corredor de rua. Imagino quantos quilômetros já percorreu, qual a meta do dia, se vai vencê-la ou pedir apoio. Dirijo vagarosamente, acompanhando a pisada mais lenta a cada quadra. Está exausto. Penso que correr com sol a pique não é propriamente produtivo. Sinal vermelho para mim, verde para ele, que cruza a faixa lentamente. Buzino. Três toques curtos e um sorriso de incentivo. Abre o sinal. Pelo retrovisor, avisto um braço levantado em animado aceno e um corredor que apressa o trote. Ao meu lado, cúmplice na estrada e na vida, ela também sorri.

Um toque para agradecer, dois para retribuir, três para incentivar. É bom estar na direção.

Sobre piruá, navegação e outras revelações

Dirigir é terapêutico. E revelador. Para tanto, não basta guiar o carro — é preciso apurar os sentidos, atentar aos sinais. Volta e meia a paisagem me rouba um sorriso, a curva traz uma surpresa, o locutor da rádio instiga a memória. Aconteceu ainda ontem, quando ouvi uma crônica de Rubem Alves e sua ótima analogia entre gente e pipoca. Gostei muito do paralelo entre o fogo que desafia o milho e os desafios que a vida nos apresenta. Fui surpreendida pela reflexão: "Terminado o estouro alegre da pipoca, no fundo da panela ficam os piruás, que não servem para nada." Entre o milho que se transforma em festa branca e os que insistem em permanecer intactos, a filosofia se transmutou em gargalhada ao volante.

O jingle da minha infância retumba na memória: "Pipoca e guaraná, que programa legal, só eu e você, sem piruá..." Que revelação! *Pi-ru-á!* Romântica incorrigível, passei a vida considerando puro entretenimento simplesmente ficar a sós com seu amor, sem peruar por aí à procura de distração. Abre o sinal, a programação muda e eu viro a esquina rindo sozinha.

Quem nunca cantarolou versos sem sentido e somente depois de muito tempo descobriu que cantava aos quatro ventos situações impossíveis, ou, no mínimo, improváveis?

Muitas vezes é necessário navegar longe para compreender versos célebres — ou simples canções. Fernando Pessoa atestou que navegar é preciso, viver não é. Nós, meros mortais, demoramos uma eternidade para compreender. Talvez uma curva da estrada, o infinito horizonte além-Tejo ou uma crônica matinal possa desvendar o ditado. Resta-nos rir da própria inocência, escondendo a face rosada do espelho retrovisor, evitando que a pessoa do outro lado chacoalhe a cabeça, incrédula e encabulada.

"Navegar é preciso, viver não é preciso" — ainda ouço minha mãe validando em tom solene. É sempre tempo de desvendar as sutilezas da navegação tão imprecisa chamada vida, assim como escolher entre ser pipoca ou piruá.

"Quanto às pipocas que estouraram, são adultos que voltaram a ser crianças e que sabem que a vida é uma grande brincadeira" — encerra o escritor. Declaro aceito o desafio! Quero ser pipoca estourada, braços abertos entre amigos, festa com refrigerante no meio da semana. Quero admirar-me diante das miudezas da vida, rir do improvável, sonhar com o impossível, surpreender-me: perder a direção e encontrar o rumo.

Quero navegar com você, sem peruar.

Óleo de plântago

Tenho tido dificuldades para dormir. Esta noite, além da mente trabalhando em horário extra, uma dor de ouvido incessante perturbou meu descanso. Fossem outros tempos, minha mãe viria com um pequeno frasco, a recomendar:

— Pinga duas gotas, já passa!

O óleo deslizando pelo canal auditivo causava cócegas; amenizava a dor, junto com a mão que enlaçava a minha. A leitura de um conto a meia-voz e um cafuné completavam o tratamento.

O remédio acompanhou toda a minha meninice. O mesmo frasco amarelado, com jeito antigo, sem rótulo ou prazo de validade. Admirável em eficiência e durabilidade. Tivesse destreza artística, eu poderia desenhá-lo perfeitamente.

Objetos e situações da infância podem ser tão vívidos que a mera lembrança atenua dores de gente grande. Fecho os olhos e busco alento na Belina e seu motorista atencioso, aguardando por mim na esquina da escola. Aguço os ouvidos e escuto as canções entoadas pela casa durante a preparação do almoço. Respiro fundo e vislumbro a mesa posta, sete lugares preparados com zelo e ocupados com alarido. Expiro, saudosa. Desperta, observo que sobre a mesinha de cabeceira repousam alguns livros e brilham sorrisos eternizados em pose de afeto. Não há vestígios dos vidros de homeopatia que tratavam minhas dores.

Contrariando todas as orientações para retomar o sono, apelo ao Google em plena madrugada. Quase nada aparece sobre o óleo que curou minhas aflições de menina. Nenhuma receita antiga, nada de bula ou foto que validasse minha memória. A ausência de referências aumentou a minha melancolia e tornou mais aguda a minha dor. Não é possível que aquele líquido tão eficiente tenha deixado de existir.

Não é possível que ela não exista mais.

Tenho uma ferida aberta à esquerda do peito. Na parte externa do canal auditivo, lado direto, também. Ambas sem remédio, à espera da cicatrização.

Promessa e redenção

"É preciso comprar arroz e flores.
Arroz para viver e flores para ter pelo que viver."
Confúcio

— Posso ajudá-la?

— Estou procurando porta-guardanapo.

— Temos este modelo. O que você acha?

— Bonito, mas não cabem guardanapos grandes.

— Faz tempo que não recebemos do tamanho maior. Não quer levar este mesmo? É só comprar guardanapos menores...

O sorriso é puro disfarce. Sem o nó na garganta, eu teria puxado assunto. Assunto (quase) nunca me falta, e histórias de família fazem parte da minha lista de entusiasmo. Não fossem os olhos marejados, explicaria à vendedora que não é superstição, não será preciso caminhar longas distâncias, subir escadas de joelhos ou prevenir sete anos de azar. Também não há riscos para a saúde ou um dilúvio iminente. Eu poderia colocar guardanapos pequenos na mesa do jantar, mas não posso. Eu fiz uma promessa.

— Esta menina é capaz de atravessar o oceano com um Sonrisal na mão! — ela alardeava, tachando de pão-durismo minha cautela financeira.

Na gerência da casa desde cedo, coube a mim o cuidado com as finanças da família. A mesa sempre cheia, repleta de filhos e agregados, não seria generosa sem a mão firme (e cerrada) da ponderação em pessoa. Aliviei a alcunha de sovina considerando-me uma vilã necessária.

Aprendi com minha mãe a arte de fazer render o salário e as compras do mês. Eu empurrava o carrinho enquanto ela comparava os preços, detalhando marcas e valores, quantidade e qualidade.

— Café é uma das maravilhas da vida. Compre sempre o melhor.

Itens menos maravilhosos poderiam ser selecionados pelo menor preço. Café, arroz e sabonete — jamais! Seguindo as orientações da matriarca, gerenciei a casa com notável habilidade. O imbróglio começou quando a aprendiz superou a mestra. Fui ficando apegada ao quesito economia na mesma proporção com que minha mãe passou a desconsiderar o custo das coisas. A lista de supermercado permeou-se de reivindicações. Algumas eu cumpria com bom humor, outras procurava driblar com paciência.

— Por que você trouxe de novo estes guardanapos pequenos?

— Porque são mais baratos. E a boca da gente cabe direitinho neles. Para que gastar mais se este cumpre a mesma função?

— Porque guardanapos grandes são mais bonitos! Acho horrível este quadrado minúsculo nesta mesa gigante.

Entre suspiros de indignação e risadas contidas, eu a presenteava com algum mimo escolhido com zelo. Uma bolacha especial ou um sabonete cheiroso, um beijo e um abraço, e encerrava-se o protesto.

A gôndola dos guardanapos de papel exigiu minha atenção. Analisei com cuidado as diferenças de preço, tamanho e nobreza. Folhas simples ou duplas, lisos ou ornamentados, para uso diário ou festivo. A diferença de valor não era, afinal, nada exorbitante. Considerei que os centímetros a mais garantiriam sorrisos de tamanho extra.

Ela estava sentada à cabeceira da mesa, tomando café. A parede de tijolinho à vista emoldurava seu rosto faceiro. Essa visão sempre me enternecia. Minha mãe em seu lugar à mesa. Seu lugar de ser feliz.

— Que bom que você chegou! O que trouxe para mim?

Cerimoniosa, entreguei o pacote de guardanapo. O mais bonito que encontrei. Tamanho grande, adornado com flores e afeto, promessa e redenção.

— Mãe, a vida é curta demais para usarmos guardanapos pequenos.

Ela sorriu do tamanho que a felicidade merece ser.

Nada se sabe da solidão
dos que partem.

Edição extra

Eu vi no jornal que a primavera vai chegar mais cedo, para compensar o final do verão que nos foi negado. O outono prometeu pintar as árvores de laranja e vermelho, e adiar a abscisão foliar para o último dia do confinamento. A celebração prevê uma chuva de folhas e risos como nunca se viu — e uma súplica para o inverno maneirar, que a gente ainda precisa cuidar dos pulmões.

Eu vi no jornal que hoje é feriado e teremos churrasco no apartamento de cima: aglomeração permitida e bonificada. O abraço que roubei em frente àquela porta foi devidamente inocentado no tribunal da saudade. Todos os aniversários comemorados por videoconferência terão data revisada à escolha do aniversariante, com festa patrocinada pelo governo. As crianças terão prioridade na escolha do cardápio e poderão comer os brigadeiros antes dos parabéns.

Eu vi no jornal que a palavra rotina alcançou redenção eterna. O saudoso cotidiano retorna à liderança, agora exaltado com devoção! Levar as crianças para a escola, participar de reuniões de trabalho e fazer compras no supermercado serão atividades realizadas entre suspiros e sorrisos — e você poderá enxergar os sorrisos. Como bônus por serviços online prestados de maneira quase satisfatória, o happy hour foi beatificado e passou à categoria do indispensável.

Eu vi no jornal que o choro dos adultos estará devidamente autorizado. Pode chorar, por motivos grandes e por motivos pequenos — e sem motivo também. Pode chorar em filme, comercial e show ao vivo pelo celular. Pode chorar só de olhar seu filho brincando na sala, alheio ao fechamento do mundo, ou sua mãe com saúde, assistindo repetidamente ao mesmo filme. Se você chorar, será certo o consolo de uma palavra amiga — em contrapartida àquele seu antigo constrangimento. Afinal, o pranto lava a alma e fortalece corpo e espírito.

Eu vi no jornal que o moço de camiseta preta vai tocar a campainha com flores na mão. Talvez traga chocolates, talvez o queijo ainda esteja dentro da validade, talvez eu tenha passado a apreciar vinho. Por precaução, vou polir as taças. Ouvi dizer que saudade acumulada tem cura.

Eu vi no jornal que os quilos adquiridos nos últimos tempos serão abonados, assim como toda raiva ou desalento. Toda a ginástica que você não praticou será perdoada, e todo o exercício que seu amigo fez será devidamente glorificado. A angústia que aperta seu peito será transmutada em júbilo, o medo será subjugado pela coragem e a incerteza vai abrir caminho para evidências claras. Todo ócio vai virar músculo! É fato que as dores serão tratadas com abraço caloroso e presença fiel. Ficar junto, estar perto, ir para longe, voltar: estará tudo auditado, liberado e homologado.

O jornal Gazeta do Povo voltará a circular na versão impressa! Minha mãe será a primeira assinante a recebê-lo, e, como nos saudosos e saudáveis tempos, vai ler as notícias durante o café da manhã. Ato contínuo, ligará para minha madrinha para compartilhar as boas novas: o mundo voltou ao normal! O jornaleiro fixará a capa em lugar privilegiado. Todos verão a manchete tão aguardada em edição extra e comemorativa. Caixa alta sob a foto da cidade banhada em folhas de outono e esperança.

O menino protagonista

Nasceu meu sobrinho. No terceiro dia do quarto mês do ano da pandemia. Eu não estava lá. Meu irmão não mostrou o filho para a família do outro lado do vidro. Não havia enfeite na porta do quarto nem abraços calorosos. Não houve visitas. Brindamos a esperada notícia de forma virtual e extremamente emocionada. Do lado de cá do celular, minha mãe e eu nos abraçamos, choramos e agradecemos a Deus. O menino pequenino chegou com saúde! Não há dádiva maior.

Comovida, minha mãe começou a contar sobre o dia em que o pai do recém-nascido foi um recém-nascido também. Seus olhos marejavam a todo instante. Suponho que seja o dia mais feliz na vida de uma pessoa, receber em seus braços o filho tão esperado. Com ternura, ela relembrou:

— É uma emoção que transborda! E você foi o meu primeiro grande presente.

Um impulso de entusiasmo, à altura do momento que dividimos, tomou conta de mim. Eu fui a realização de um sonho na vida de meus pais! Observo minha mãe sorrindo, extasiada com o fato de seu filho ter um filho, e me encanto com a imensidão do milagre que se repete.

Animadas e felizes, conversamos sobre a profunda graça de um nascimento. Refletimos sobre o contentamento que cada filho traz a seus pais, a esperança estendida a toda a família, os brindes replicados pelos amigos. Cada ser humano foi protagonista de uma chegada emocionante! Apenas crescemos um pouco, nos transformamos, ganhamos novos contornos (com certeza maiores nestes dias de isolamento). Já não somos um pacotinho indefeso e desajeitado que precisa de suporte para sobreviver. Somos, agora, agentes da vida. Em nossas mãos, e atitudes, reside a chance de fazer a diferença.

Nestes improváveis e complexos dias, temos a chance de concretizar salvamentos. Invisíveis e jamais noticiados, e, justamente por isso, salvamentos! O foco é cada pessoa que não entrará nas estatísticas porque um de nós tomou atitudes de prevenção e cuidado. Nunca saberemos — e aí está a grandiosidade de uma ação individual em prol do coletivo. Penso que nossos pais ficarão orgulhosos!

"Cada criança, ao nascer, nos traz a mensagem de que Deus não perdeu a esperança nos homens."

Emprestei a citação de Rabindranath Tagore, escritor indiano, como boas-vindas a cada criança que tenho a alegria de ver nascer. No terceiro dia do quarto mês do ano da superação, nossa família viu a esperança se renovar com a chegada de um menino muito desejado. Ele ganhou o mesmo nome de seu pai e seu avô, mas ele é único. Bruno Neto, o protagonista deste momento!

Um dia ele vai conhecer os detalhes de sua chegada. Seus pais provavelmente terão os olhos marejados ao contar que, embora a família estivesse apartada porque o mundo adoeceu, o amor nos uniu em torno dele. Distantes fisicamente, para preservar a saúde uns dos outros, mas profundamente conectados e gratos. Afinal, quando ele estava apenas chegando, cada ser humano por aqui já era um agente de esperança — de Deus e dos homens.

A menina bailarina

Nasceu minha sobrinha. No segundo dia do décimo mês do ano da saudade. Meu irmão, emocionado, mostrou a filha para a família embevecida. Brindamos a esperada notícia com abraços calorosos. A menina pequenina chegou com saúde! Não há dádiva maior.

Eu estava lá. Presenciei o primeiro banho e escolhi a roupa diminuta com que ela inaugurou-se como gente que se veste, se alimenta, dorme e chora. Pequenas rosas amarelas adornavam a gola, arrematada por delicados pontos de crochê no mesmo tom. Diante da sincronia de flor e cor, fez-se presente uma ausência dolorida.

Ela anunciava que teria vinte e cinco netos, cinco de cada filho. A moderada produção familiar acaba de acrescentar o quinto elemento ao elenco, e ela não faz parte da eufórica plateia. Havia saído de cena há uma semana quando a notícia feliz arrebatou a família. Dividida entre entusiasmo e dor, deparei-me com a perplexidade da continuação da vida sem a presença dela.

Vestida e cheirosa, cabelinho penteado para o lado, entreguei a pequena para a orgulhosa mamãe. Suponho que seja o dia mais feliz na vida de uma pessoa, receber em seus braços a filha tão esperada. Admiro as duas meninas que se encantam mutuamente. A pequena e frágil garota que acaba de receber o mundo de presente, e a mulher fortaleza que acaba de dar ao nosso mundo o maior presente.

As fotos da nossa nova protagonista exibem um bebê tranquilo, vestido com roupas charmosas. Numa delas, observamos a perninha recolhida, o pé esticado, e decidimos que a recém-nascida executou um perfeito demi plié. O primeiro passo de dança, no baile da vida, no palco dos sonhos — e das realizações. Ela é a concretização de um sonho na vida de seus pais!

No segundo dia do décimo mês do ano da renovação, nossa família viu a esperança reviver com a chegada de uma menina muito desejada.

Abrem-se as cortinas... Dança, Isadora!

Sobrinha querida
Que o bom Deus abençoou
Dorme tranquila
Que a vida chegou.

Imagino minha mãe sorrindo, extasiada com o fato de seu filho ter uma filha. Encanta-me a imensidão do milagre que se repete.

É sempre primavera quando o sabor da gentileza é prato principal.

A primavera em nós

Elegemos um restaurante para chamar de nosso. Ela estabeleceu uma forma pessoal de referir-se a ele, o que conferia graça à nossa escolha de domingo. A frequência com que decidíamos pelo "Primavera" era compatível com as delícias que encontrávamos lá.

A gentileza começava na chegada. O responsável pelo estacionamento apontava a vaga mais conveniente, sabendo da função que envolvia nosso deslocamento. Se estivesse ocupada, ele ficava com a chave e depois acomodava nosso veículo ao lado da porta. Estendia a mão para minha mãe, oferecendo amparo e consideração. O sabor singular do nosso almoço começava antes da degustação.

O atendimento cordial incluía reserva da mesa próxima ao buffet, gentil afastamento da cadeira para a mãe se acomodar, guardanapo especial que o garçom providenciava para proteger-lhe a roupa. "Para você, o de sempre?" — e trazia meu suco, metade verde, metade laranja, cuja lenta mistura tanto me comprazia.

Enquanto ela aguardava, eu equilibrava nossos pratos entre as tantas e saborosas opções. A comida preferida de minha mãe é ofertada com variações a cada domingo, e esse foi o motivo inicial da nossa assiduidade. Estrogonofe de camarão, camarão na moranga, torta de camarão, camarão à moda de todos os clientes que amam essa iguaria. Os olhos dela brilhavam, o que se repetia com o pudim de leite e saudade, lembrança da infância, ela declarava, deliciando-se.

Finalizando amistosa conversa, a senhora do caixa me alcançava o doce de que ela gostava. Um copinho de chocolate com licor de amarula encerrava a folia gastronômica da minha mãe. Atender aos gostos dela era deleite para mim.

Desconhecendo que nosso restaurante não funcionaria durante as festas, por duas vezes ficamos sem camarão e sem rumo. Insistentes, o novo ano contava poucos dias quando encontramos portas e sorrisos abertos. Fomos recebidas com a cortesia habitual, degustamos sabores e amabilidade, com direito a repetição. Minha mãe comeu camarão e pudim. Numa delicadeza adicional, o rapaz do estacionamento colheu uma flor e ofereceu para ela. O gesto singelo personificou tudo o que permeia aquele lugar de ser feliz. É sempre primavera quando o sabor da gentileza é prato principal.

Não é possível prever as últimas vezes. Aquele domingo de janeiro foi o nosso derradeiro. O último passeio, o último almoço fora, a última vez que ela desfrutou de seus sabores prediletos. Por tradição e por amor, escolhemos o Spring, o nosso restaurante, sinônimo da felicidade em nós.

À minha revelia, a estação das flores aponta no calendário. Passo em frente ao local que tão bem nos acolheu, e suponho o movimento da vida pulsando lá dentro. Em breve estará florida a árvore frondosa que se destaca no ambiente. Ainda não encontrei coragem para viver a primavera sem ela.

Tempo de transformar

As viagens de carro sempre foram a paixão da minha mãe, que dizia ter nascido com rodas no lugar dos pés. Nossas viagens para Balneário Camboriú eram especiais no inverno, quando a serra nos presenteava com a florada dos manacás. Entre uma curva e outra, a paisagem rosácea nos inundava de contentamento. Agradecidas, trocávamos constantes interjeições de deleite diante das maravilhas da natureza.

Certo dia ela apareceu com um arbusto e mandou plantar no jardim da frente, bem à vista da minha janela. Jurou que a minúscula plantinha nos brindaria com pétalas cor-de-rosa, lembrando-nos das idas para a praia, da emoção partilhada no caminho e da alegria de viajar.

Coloquei bilhete na porta do quarto para não me esquecer de molhar a planta. Outras haviam fenecido sob minha vigilância, e eu não desejava repetir a imprudência. Diariamente reguei o projeto de árvore com dois litros de água fresca, conforme recomendação do florista. Se fosse me ausentar por um período longo, mandava recado para o sobrinho: "não se esqueça de regar o manacá". O arbusto retribuiu a dedicação. Cresceu impávido e vigoroso, mas demorou a florir.

Quando os tons de verde foram finalmente salpicados por flores, eu duvidei da tipologia da planta. Pétalas brancas não correspondiam à nossa estrada florida em tantos tons de rosa e júbilo.

— Mãe, isso não é um manacá!

— Dê tempo ao tempo, filha. Logo você verá!

•••

O nosso manacá-da-serra jamais floresceu como neste inverno. Todos os dias, quando chego à casa da minha mãe (será sempre a casa da minha mãe), faço uma parada estratégica no jardim da frente. Caminho solenemente até a planta que me foi dada de presente. Está exuberante, repleta de flores em variados tons. Descobri que desabrocham brancas, na fase adulta apresentam tons de rosa, e perto de murchar finalizam o ciclo num profundo lilás.

Ajusto o olhar, apuro os ouvidos. Paralelo ao espetáculo da natureza, um alumbramento peculiar se desenrola só para mim. Entre um sussurro e outro, ouço burburinho de gente feliz. Reconheço o arrebatamento de duas viajantes descendo a serra, a conversa leve e festiva, a alegria genuína de estar ao lado de quem se ama. Recebo e compreendo um recado providente.

— Dê tempo ao tempo, filha.

Plano de fuga

A tarde de domingo foi especialmente destinada para fugas. Se Deus fugiu (mesmo que digam que ele apenas descansou) no sétimo dia, e com certeza foi na tarde do sétimo dia, acredito não ser ofensivo que façamos o mesmo.

Não há muitas opções de fuga na cidade cinzenta. Bem, talvez haja, mas pessoas tradicionais estabelecem planos de fuga rotineiros. O nosso inclui livros e torta de castanha, o que torna o café da livraria nosso destino preferido.

Ao lado de uma pequena pilha de livros, aprecio o cappuccino recém-servido ao lado da minha torta favorita. A senhora à minha frente sorri, igualmente satisfeita. Assim que levo a xícara à boca, porém, ela pede para ir ao banheiro. Não posso deixar de pensar que senhoras e crianças possuem radar especial para escolher o "melhor momento" para a toilette.

O sanitário fica do outro lado do shopping. Olho com certo pesar a mesa posta. A torta repousa convidativa sobre o prato colorido, o cappuccino ainda detém os traços finos desenhados a chocolate. Ambos terão que esperar. Chamo o garçom e explico nossa necessidade urgente. Suplico que proteja nossa mesa, especialmente nossa comida.

Saímos da livraria e só então me dou conta de que isso pode parecer um plano para não pagar a conta. Meio sem sentido, é certo, pois nem levamos os produtos. A ideia de uma evasão em disparada, no entanto, é fascinante. Acelero a cadeira de rodas e aviso a mãe:

— Se é para fugir, que seja em alta velocidade!

Nossa fuga espetacular durou dez minutos, com direito a curva emocionante e algumas gargalhadas. Na volta, vejo com alívio a plaquinha de "reservado" que montou guarda sobre nossa mesa. Peço outro cappuccino. Após uma debandada como essa, ninguém merece café frio.

Por certo a cidade oferece muitas opções de passeio no domingo à tarde. Talvez seja bobagem escolher sempre a mesma torta, no mesmo café da "nossa livraria". Porém, trilhar os mesmos caminhos e degustar os mesmos sabores é escolha, é decisão. Amar a mesma pessoa todos os dias não é rotina, é ritual.

Tenho por protocolo ser feliz. Se num domingo qualquer a vida estiver cotidiana demais, basta executar algum plano levemente espetacular. Basta roubar uma gargalhada de quem se ama. Basta colocar mais emoção no caminho. Basta olhar o horizonte e ter a certeza de que Deus jamais descansou.

Domingo, 13 de fevereiro de 2022, não foi possível fugir.
Na tarde seguinte, abri o exemplar de "Encontros felizes"
que pertencia à minha mãe e escolhi um dos textos para ler
em voz alta, como tantas vezes ela me pediu.
"Plano de fuga" integrou a cabeceira derradeira do último ritual.

Vamos viajar

Minha mãe tinha uma máxima que ocultou dos filhos até que tivéssemos idade suficiente para não nos aproveitarmos da premissa em dias de chuva e preguiça.

— Tem tanta coisa para se aprender nessa vida... Que pena que é preciso ir para a escola.

Eu estava no terceiro ano da faculdade e uma greve de professores se estendia indefinidamente. Começava a me sentir entediada quando ela sugeriu:

— Vamos viajar!

Tínhamos uma Besta, um modelo de van, na época o único veículo capaz de acomodar sete pessoas. Partimos com destino às cidades históricas de Minas Gerais, duas mulheres cruzando o país num tempo sem internet, celular ou GPS. Um tempo de aventura, estudo de arquitetura in loco e uma coleção de memórias e aprendizado que extrapola o álbum de fotografias. O que se aprende vivendo nunca mais se esquece, ela dizia e comprovava.

Certa feita, eu havia me apaixonado por um livro quando descobri que a história seria encenada em São Paulo, numa montagem da Broadway. Sem titubear, minha mãe mandou comprar entradas e reservar hotel. Ao ver-me aflita com o valor dos ingressos, sentenciou:

— Se vamos pegar a estrada para ver uma peça, vamos fazer isso direito. Compre os melhores lugares. É o que se leva da vida!

A proximidade com Jean Valjean, Cosette, Fantine e Javert e suas feições de assombro, figurino impressionantemente roto e cenário se transformando diante dos nossos olhos me marcaram para sempre. Embevecidas, choramos na plateia vip de *Les Misérables.* O fato de minha mãe validar uma viagem com o intuito de ver um espetáculo de teatro diz muito sobre quem ela era e o que valorizava.

Quando estive em Paris, ao sair do Museu Rodin, procurei um telefone público para dividir com ela o deslumbramento com o que tinha acabado de testemunhar. Era com a artista que eu precisava falar, com a estudante de teatro apaixonada por música e literatura. Minha mãe despertou em mim o apreço pelas artes, pelas viagens e pelas experiências que dão sentido à vida.

Ela não gostava de avião, nunca saiu do país. Considerava o Brasil grande o suficiente para seus desejos desbravadores. Eu admirava a tenacidade com que encarava longas distâncias. Ela apreciava a paisagem rural, os campos, os animais no pasto, as paradas na estrada. Em Gramado, o destino preferido, conhecia pelo nome os funcionários das lojas e do hotel. Voltava repleta de presentes e histórias para contar.

O lugar favorito da minha mãe era dentro de um carro. Todas as tardes ela saía de casa, com igual ânimo diante do sol ou da chuva. Tinha uma frase matreira para anunciar que estava pronta e bem disposta para a aventura do dia.

— Vamos catar buraco! — e seu rosto se iluminava no tom azul-passeio.

A estrada era o ensejo da liberdade. Gostava mais do percurso que da chegada, e isso também diz muito sobre quem ela era e o que valorizava.

"A felicidade não é um destino, é uma viagem."

A música preferida da minha mãe é uma ode a todas as coisas que ela amou. Rodamos o Brasil ouvindo Marisa despedir-se da tristeza ao saudar um novo dia. Aceitamos o convite, seguimos a canção. Juntas, felizes, companheiras inseparáveis na viagem da vida.

A estrada é longa e tranquila, a paisagem se veste de paz. Há uma nova estrela na manhã raiada... O carro vermelho avança, espalhando música no ar.

VIAGEM

João de Aquino | Paulo César Pinheiro

Oh! Tristeza me desculpe
Estou de malas prontas
Hoje a poesia
Veio ao meu encontro
Já raiou o dia
Vamos viajar

Vamos indo de carona
Na garupa leve
Do vento macio
Que vem caminhando
Desde muito longe
Lá do fim do mar

Vamos visitar a estrela
Da manhã raiada
Que pensei perdida
Pela madrugada
Mas que vai escondida
Querendo brincar

Senta nessa nuvem clara
Minha poesia
Anda se prepara
Traz uma cantiga
Vamos espalhando
Música no ar

Olha quantas aves brancas
Minha poesia
Dançam nossa valsa
Pelo céu que o dia
Faz todo bordado
De raio de sol
Oh! Poesia me ajude
Vou colher avencas
Lírios, rosas, dálias
Pelos campos verdes
Que você batiza
De jardins do céu

Mas pode ficar tranquila
Minha poesia
Pois nós voltaremos
Numa estrela guia
Num clarão de lua
Quando serenar
Ou talvez até quem sabe
Nós só voltaremos
No cavalo baio
No alazão da noite
Cujo nome é raio
Raio de luar

Hoje é todo dia

Feche os olhos... Alivie as pupilas dilatadas, a busca por respostas, a ansiedade que não combina com você. Perceba o seu corpo... Estique os braços, as pernas, as mãos (suas mãos tão parecidas com as minhas). Permita que a paz acalme a agitação da sua mente. Redescubra o alcance dos seus movimentos, a satisfação da missão cumprida. Respire... Sinta e absorva a energia revigorante ao seu redor. Escute... O pássaro longínquo, a cadência do silêncio, a voz suave da instrutora. Recupere a consonância com as batidas do seu coração. Você está viva! E cada célula do seu corpo veste você de mim.

Eu também sinto a sua falta. Nada se sabe da solidão dos que partem. 16.684 dias — você precisou contar. Você, sempre tão amiga dos números, encontrou na soma dos nossos dias o conforto para seguir adiante. Você, sempre tão apegada aos livros, buscou na palavra escrita o caminho para eternizar nossa história. Saudade é soma incontável. Você contou os dias, juntou as palavras, canta nosso amor por toda parte. Eu escuto, filha.

Você pode cantar... As músicas da sua infância, as que escutávamos no carro, as novas canções que fizerem seu peito acelerar. Criança que canta é criança feliz — eu vibrava enquanto você rodopiava ao ritmo do disquinho colorido. Revi você menina sempre que cantávamos juntas. Permita que o som da vida continue encantando você.

Vá ao nosso restaurante, aceite a primavera, a renovação da vida e das flores. Não fuja da nossa livraria, delicie-se com a torta de castanha e faça seu brinde com cappuccino! Pergunte ao vendedor qual é o último livro do meu escritor preferido, e encontre uma nova desculpa para não comprá-lo. Descubra um destino interessante para os volumes repetidos que permanecem na estante do meu quarto.

Conserve nossas memórias, na medida em que couberem nos armários e no seu coração. Não acumule excesso de papéis e preocupações. Continue escolhendo cuidadosamente os objetos que já não me pertencem e podem levar um tanto de mim aos que me dedicaram amor. Use os brincos e as ideias extravagantes.

Mantenha-se na direção. Rode pela cidade, pelo país, pelo mundo. Dirija! Continue ganhando as estradas com confiança e respeito. Não tema a esquina dos hospitais, sua força é maior que as lembranças doloridas. Sorria na rotatória do filósofo chinês, não confunda o nome dele e cumpra a promessa dos guardanapos.

Viaje, filha, viaje! Para longe e para perto. Para os lugares preferidos e para as novas descobertas. Visite Gramado. Procure o arco de flores que eternizou a minha felicidade. Suponho ser a moldura perfeita para a sua.

As lágrimas que vertem rios caudalosos chegam mais rápido ao mar. Ainda que o tempo atenue a frequência do pranto, ele irá persistir. Quando transbordar, aceite e permita a limpeza da alma.

Vibre com a Copa do Mundo. Passe um café, aumente o volume, guarde o nome do nosso goleiro e mentalize um *Vai que é tua, Taffarel!* Sua torcida é a minha vitória.

Não lamente meu desconhecimento sobre o amor que bateu à sua porta e emparelhou chinelos com os seus. Fui eu que entrelacei os fios do destino para que, no tempo da possibilidade, a simpatia de uma vida inteira se somasse a *uma beleza imensa, toda recompensa de um amor sem fim.*

Jamais deixe de preencher sua lista de miudezas. Não apague o pôr do sol entre as araucárias, ele nos aproxima e fortalece. Inclua o apito do trem que alcança nossa casa nos dias frios, o tilintar do sino de vento, a paz de um lençol bem dobrado. Ninguém mais no mundo conhece o tom verde-rosa-cor-de-creme. Enquanto você se lembrar, eu permaneço.

Junte as economias, a família, os amigos. Comemore! *Vida é celebração diária*, foi você que escreveu (e eu li).

A propósito, leia em voz alta. Os agradecimentos, os votos, a prece. O seu próximo texto.

Viva o presente. Confie, ele é perfeito. Ilumine-se de amarelo-confiança. Vista-se de coragem, entusiasmo e flores.

Abra os olhos, filha! Hoje é um dia que vale a pena viver.

Vida é celebração diária.

Agradecimentos

"Nenhum homem é uma ilha."
John Donne

Exaltando a célebre citação, minha mãe me explicava que ninguém vive isoladamente. Filha única, órfã ainda menina, ela conheceu de perto a solidão. Decidiu virar o jogo, formou família, sorriu para a própria existência, cercou-se de gente por todos os lados.

Aprendi desde cedo a valorizar as pessoas ao nosso redor. Sem elas, seríamos ilha deserta. Quando ela viajou pela estrada derradeira, senti-me, pela primeira vez na vida, sozinha. Nossa gente se aproximava, cautelosa, e deixava marcas na areia. Uma flor, um café, uma palavra. Um abraço, um convite. Um resgate.

Agradeço a cada um, de perto e de longe, que me cerca de afeto e cuidado.

Aos meus irmãos Bruno, Renata e Leônidas, com quem divido a dor das ausências e o aconchego das memórias. Tão diferentes somos, e tão unidos nos tornamos! Obrigada por acolherem as particularidades da minha saudade.

À Maria da Graça e Cristina, irmã e sobrinha que transformam distância em detalhe, tamanha presença e importância têm em minha vida.

À Fernanda, filha número seis, irmã por amor escolhido, companheira de passado e de futuro. Você é o meu presente mais-que-perfeito, meu prefácio, minha certeza.

Agradeço o amparo além do dever, a devoção e a amizade da Rosa, da Karla e da Norma.

Niura e Ivan, Luciana e Flávio, Nancy e Ozires, Maria Lúcia e Hermes, Soeli e Álvaro, "os padrinhos": irmãos que meus pais escolheram. A vocês, minha reverência e gratidão.

Madrinha Soeli, companheira de vida da minha mãe por mais de 60 anos, "almas gêmeas", como ela gostava de reiterar. Obrigada por ser nosso porto seguro.

Minha tia Gali, guardiã do meu baú de infância, que ainda enxerga em mim a menina que não queria crescer. Aglair, você cuidou de mim como filha, e é dessa forma que eu amo você.

Orly Bach, dona da voz que encantou todas as festas da nossa família. Quantas vezes você cantou "Viagem" para minha mãe, no palco da vida que resplandecia... Obrigada pela coragem ao entoar a canção preferida no dia em que a cortina se fechou.

Luciana Veiga Jardim, que se fez presença amarela quando tudo se descoloriu, e Elizete Maria Schwartz Tietjen, que envia rosas por WhatsApp e colore minhas manhãs.

Duas décadas de agradecimentos a Carlos Alberto Mattozo, que traçou um C de CURA e com maestria salvou a vida da minha mãe. Incansável e obstinado neurocirurgião, amigo zeloso, para sempre o filho que ela escolheu.

Agradeço à Kaiut Yoga por motivar minha constante busca pelo equilíbrio do corpo e da mente, sob a orientação e o carinho da Leny e do Norberto.

Às amigas de infância, acolhida constante de imensurável valor. Nossos braços entrelaçados foram bálsamo no caminho mais dolorido. Ana Carolina, Cinthia, Cintia, Daniele, Juliana, Fabiana, Fernanda e Viviane, obrigada por serem amigas reunidas na confiança e no amor.

Às irmãs por decisão: Joana, Julia, Luciana e Olivia. Às meninas que passeiam ao meu lado no quintal dos encontros felizes: Claudia, Fabíola e Ro. Obrigada pela certeza do aconchego.

Jeanne e Nicole, oásis em dias difíceis. Comadre, obrigada pelo acolhimento, pela dedicação à nossa amizade, por caminharmos juntas na aquarela da vida. Afilhada, obrigada por ser recreio, aventura, gargalhada e alento.

Nidia Lucia Edler, a quem admiro profundamente. Obrigada por me receber em seu paraíso particular, por ser abrigo e incentivo.

Ao meu amor, que não se adiantou e nem se atrasou. A vida inteira eu admirei você, Jacob Milani Budel. Agora, eu admiro mais a cada dia. Seu cuidado, seu coração gigante, sua alma de menino. Obrigada! Por alimentar-me (corpo e espírito) enquanto eu escrevia os textos finais deste livro, por chegar na hora certa, por ser você.

Agradeço a cada um, de perto e de longe, que contribuiu para este livro estar no mundo.

Eduardo Affonso, escritor, professor e amigo, mentor de uma Oficina de Crônicas que reúne gente que escreve textos e amizades admiráveis. Sua escrita me inspira profundamente. Suas aulas foram fundamentais para o amadurecimento da escritora que eu desejo ser. Esta orelha só poderia ser sua; obrigada por permitir-me esta alegria.

João Anzanello Carrascoza e Ana Cardoso, escritores que tanto admiro, obrigada pela generosidade expressa na contracapa. João, é uma honra indescritível ler-me em suas palavras. Ana, a vida é mais doce quando nos apresenta amigos inspiradores como você.

Aos escritores Toni Araújo e Silmara Franco, amigos queridos que somaram afeto e entusiasmo à primorosa leitura dos originais, meu apreço e infinitos agradecimentos — por emojis, por áudios, por escrito.

Aos cúmplices reunidos sob a égide de Carlos Drummond de Andrade, escritores fantásticos, amigos-irmãos. Adriana, que tem o abraço no alto da escada mais aconchegante do mundo. Carlos e Fernanda, que escolheram a *anti-folia* do carnaval em Curitiba para cuidar de mim. Cássia e Josély, meu suporte e segurança em consultas on-line e on-lágrimas. Oren, que tremula apoio e incentivo em timbre suave. Fernanda e Paula, dois corações que pulsam consoantes ao meu. Tatiana, dona de um contagiante sabor de entusiasmo. Toni, que me acompanhou na madrugada e escreveu ao raiar do dia. Vocês são fundamentais!

Aos companheiros de leitura, escrita e passeio no Bosque da Memória, e ao nosso anfitrião Pedro Gonzaga, pela troca engrandecedora.

Ao Tonio Luna, amigo bom de papo, que durante um café é capaz de inspirar textos e títulos.

À Editora InVerso! Enalteço e valorizo o longo processo que transforma sonhos em livros, e cada pessoa que trabalha com afinco nessa nobre missão.

À Mônica Defreitas Smythe, que me vestiu de rosas amarelas e manacás na bela ilustração que convida à leitura destas páginas.

À Cristina Jones, minha editora, pelo entusiasmo com que recebeu e incentivou este projeto. Você acolheu minha dor, previu minha catarse e apostou que se transformaria num livro lindo. Obrigada por valorizar o que sinto, o que penso e o que escrevo.

A literatura não é um lugar para se esconder, mas para se encontrar.

Sou palavra escrita cercada de amor por todos os lados.

Escrevo. Reencontro-me. Agradeço.

Curitiba, primavera de 2022

Leia também da InVerso:

CARTAS PARA THEO

Há quem diga que um filho é uma carta que escrevemos para o futuro, uma construção de sonhos e desejos que carrega nosso DNA e nossa esperança de que o "vir a ser" seja melhor que os tempos em que vivemos. Fernanda Morishita pôs no mundo sua "carta" chamada Theo, a quem endereçou um conjunto de textos nos quais imprimiu seu amor, medo, angústias e aprendizados diários, desenhando um mapa afetivo desta relação tão intensa e breve que se constrói no ato de criar um filho e de se "criar" mãe ou pai. São cartas repletas de uma pureza e simplicidade comoventes, escritas com grande honestidade e coragem. Um dia, Theo as lerá e redescobrirá a mulher que mora em seu baú de afetos, uma pessoa talvez diferente daquela que ele aprendeu a chamar de mãe ao longo da vida. Mas as Cartas para Theo, como toda herança repleta de sentimento e humanidade, fala não apenas de quem escreve e de quem recebe. Antes, fala da ligação arquetípica e ancestral entre pais e filhos – talvez a primeira relação que o Ser Humano cria em sua jornada pela existência e que continua ecoando em cada um de nós com a potência avassaladora de uma verdade universal.

Cláudio Chinaski e Sonia Zaghetto